悲善の旅路

罪と更生の物語

花伝社

木村伸夫
Nobuo Kimura

悲善の旅路——罪と更生の物語◆目次

第一章　自由の身になって

1

きょう、佐々木孝男は刑務所から仮釈放された。二年六か月の刑期が若干短縮され、予期していたよりも早くに自由の身となったのである。

外には青空が、これ以上ないほど広がっている。高い塀からの解放は、まぶしい陽を仰ぎ見、新鮮な息吹を充分に満喫できるように仕向けられている。

釈放された者は他にもいたが、迎えが来ていたのは少ない。孤独のまま世に放たれるのが大半。互いに別れのあいさつなどはせず、さっさとどこかへ消えていく。満期出所者の何割かは出所にあたって「迎えなし」、「身を寄せる住まいなし」が厳しい現実である。

今日この日からホームレスになる者もいる。三食の食い扶持をどうしよう、当てはない。寝るところもない。やむに已まれず、スーパーやコンビニに入って万引きをして警察に引き渡される。

場合によっては、取調べののち解放されるが、それは万引き者にとっては困ったこと。そこで頼み込む。「どうか逮捕してください」。この言葉は、行くところがない、頼る人のいない悲惨さを切々と訴えている。こうして身寄りのない出所者は再犯を重ねていく。

孝男は他人のことより、自分のこれからを考えたかった。

横にいるのは父である高明、並んで我が家へ向かっている。二人は何も語らない。面会のために訪れた以外、顔を合わせることはなかった。

話したいことは無尽蔵にあるに違いない。だのにまるで押し黙っている。行き交う人も出所者であることは察しているが、誰も関心を示さない。

互いの沈黙は、言わずとも通じる何かがあるのだろうか。孝男には閉ざされたなかでの生活が次からつぎへと脳裏に浮かんでは消え、また次の場面が出てくる。そのどれもが、二十四時間監視下に置かれ、およそ自由な生活とは程遠いものであったことを物語っている。

そこは人間としての自律的な生活はまったくできず、世の中の常識というものは通じず、すべて〝あの世界〟では「先生」と呼ばれている看守の支配する毎日であった。いくら理不尽であっても、看守（刑務官）に文句を言うことは許されない。看守は支配者であり、「支配倫理」の保持者でもある。

今、屈従の世界から自由の社会へ戻ろうとしている。だが、これから先、生活の見通しはたっていない。不安だ。明るい材料は何もない。ただひとついえることは、これからは貧しくとも平凡な親子の生活ができるということ。だが、高明は病気がちである。仕事をするにも無理は利かない。

二人は無言だった。やっと出た高明の低い言葉、

「長いこと、辛かったろうな」

言いたかったことすべてを表しているようでもある。言葉少なく言うとまた黙って考えている。しばらくしてやっと次の言葉が出てきた。

「今日からは畳の上でゆっくり休むといい。とはいってもお母さんがいない家だ、何も充分なことはしてやれないが」

ひと言発するにも、息子の感性に心を砕いている。これを言えばどう感じるだろうか、とつい、言葉少なくなってしまう。

孝男の母である淳子は、事故か自殺かわからないような死に方をした。孝男にとっては心配をかけ続けた母の死だった。淳子の心にはいつも孝男のことが忘れられなかったに違いない。母の死を知ったのは、孝男が家を出、ある寺に無理を言って居候のような生活をしていたときであった。

孝男は仕事先で大きな失敗をし、店主に詫びを入れることもせず職場から逃げ出し、家に帰ると、恋人からの別れの手紙が来ていた。ダブルパンチを食らい、自暴自棄の精神状態となり、当てもなく列車に乗って行ったのは、福井県の東尋坊。後先の見境もなく、絶壁の上から身を投げ

た。不幸中の幸いか、ボランティアの見まわりの人に助けられ、一命をとりとめた。両親は急いで駆け付け、連れ戻した。家へ帰ってからというもの、反省の日々とでもいえるような生活を送っていた。そんなある日、孝男は何かに惹かれるようにして家を出ていった。何の目的もなくたどり着いたのは寺の一角。一夜の宿を頼み込んだ。この押しかけ的な行動が小僧さんや高位の僧職の方の心を動かしたらしく、〝見習い〟ということで寺においてもらうこととなったのだ。

その寺が農家から野菜を買ったときに包んであった新聞の記事をなにげなく見たときだった。ひとりの女性の死を報じた記事、何故か母であることを瞬時に確信した。読み進むうち、目の前が真っ暗になった。自分が勝手なことをしたばかりに心配をかけ、このようなことになってしまった。残された父はひとりでどうしているだろう、病弱な父の身を案じた。

悲劇は寺からの帰り道、川の土手で起こった。

車いすに座った高齢男性とそれを押している妻が不良に絡まれて危機に陥っていた。孝男は二人を助けるために不良グループの間にはいり、止めようとした。寺からの帰り道との想いもあり、いたって冷静に事をおさめようとした。そこへ安物の正義感が芽生えたのだろう。いきり立った青年たちはたちまち興奮し、掴み合いの末、グループのリーダーは生命を落とした。リーダーと孝男が取っ組み合いになったとき、孝男に倒された背後にレンガがあったことが悪夢の運命を招いた。考える隙はなかった。一瞬の後、空は赤く染まった。頭部から飛び散った鮮血だった。老夫婦は悲鳴をあげた。まさに束の間の出来事だった。

青年のぐったりした姿を見て、孝男は狼狽した。こんなはずじゃなかった……。パトカーや救急車が来て応急処置をしている時、だんだん冷静になっていく自分の心は正気に戻り、顔面は蒼白になった。自分に父や母がいるのと同じく、動かなくなっているこの青年にも親がいるだろうこと、いくら不憫な子であっても、死に直面して痛苦の念を抱いているに違いないことを思った。

過ぎ去った日々のことを思い返している。小さいころ母から教えられたこと、「お年寄りを大事にしなさい」その言葉がよみがえった。あのとき、不良青年の行いを見て見ないふりをすることはできた。もし傍観者でいたなら、青年は孝男と取っ組み合いになることはなかっただろう。そうであれば、車いすに座っていた老人は、青年によって土手から突き落とされたかもしれない。どちらにしてもあの場面は殺気立っていた。孝男の割って入ったことが正しかったのか、わからない。やむに已まれずの行為だった。裁判ではこのことについては触れられなかった。裁判とはそういうものだと、後になって知った。

それからの取調べは過酷であった。

裁判で弁護士は正当防衛を主張し、裁判官によって情状も酌量されたが、結果は懲役二年六か月の実刑となった。この量刑は、数年前の無銭飲食事件のことが、執行猶予期間も終わった事案とはいえ、裁判官の心証に影響したのかもしれない。裁判官は胸中を語らない。

孝男ははじめの事件、無銭飲食と傷害事件のことを思い返している。僕の人生の切ない歩みであった。

孝男の小さかったころ、父と母との不和は日常茶飯事となっていた。家の中は荒《すさ》んでいた。家計は不安のため、大学へ行くことなど考えられなかった。高校卒業後、勤めていたパン工場で一職人の起こした不祥事によって経営は傾き、全員解雇となった。それから職場を転々とし、とうとう家出してしまった。衣類の入った大きな袋を二つ持って。

公園を行き来して過ごす放浪生活が長くなり、体から異臭が漂うようになってきた。空腹は善悪の区別も、考える力すべてを失せさせてしまう。絶食が続いたある日、ファミリーレストランの前で足が止まった。腹いっぱいになってそこを出るときになって、所持金のないことに気づき、無銭飲食で咎められた。店長との間で起こったいざこざは傷害事件に進み、裁判の結果、懲役六か月、執行猶予二年が言い渡された。

娑婆に戻った今、何をなすべきか見当がつかない。何の当てもない。勤めていた豆腐店は仕事中に失敗をして無断で行かなくなった、というより、仕事を放棄してしまったのだ。いまさら「もう一度お願いします」なんて言えない。豆腐店にしてみれば、一人の職人を育てるにはそれなりの期間と苦労もあった。店主と先輩は手取り足取りで仕事を教えてくれた。育て上げてくれた。その様子は今でも思い出せる。何回同じことをしてもできないため、おやじさんに怒鳴られたこともあった。

どれだけ歩いたのか、自動車だったらきっと十分くらいの距離、それをただひたすら歩き、駅へたどり着いた。高明は黙ってふたりの切符を買い、息子にそっと渡した。孝男は無言で受け取った。この切符はどこへ通じているのだろう。

ふと仰ぎ見ると、妙な看板があった。「むしょ」？　いったいなんだろう。不思議な言葉、「むしょ」。その下にはコーヒーカップが描かれている。もしかして喫茶店じゃないか、それにしても「むしょ」とは変な名前だな。中を少し覗くと、そこはたしかに喫茶店であった。二人はちょうどひと休みしたかったところ。中へ入った。

それほど広くはないが、客は十人ばかりいるだろうか。トーストをかじりながら経済新聞に読みふけっている中年男性、若い男女、この二人は一夜を共に過ごし、まさに朝食をここですませている様子。時には懸命に食べ、ある時は笑いに興じている。また別の男性は、忙しげに携帯で仕事の打ち合わせに余念がない。

店長らしき人は入ってきた父子に元気よく声をかけた。

「あ、いらっしゃい、どうぞ奥へ」

一瞬のことだった。店長はこの二人に〝何か〟を直感した。

案内されたのは二人席で、他の席とは少し離れ植木鉢で区切られている。何か意識的にこの場所へ通されたような錯覚に陥った。

若いウェイトレスが注文取りに来た。学生アルバイトらしい初々しさが漂っている。孝男は彼女を見る余裕はない。

「ご注文はお決まりになりましたか？」父は素早く注文した。

「あ、このモーニングセットA、二人分でお願いします」

「お飲み物は？」

「ホットコーヒーで、ちょっと濃いのをお願いします」

「わかりました。少々お待ちください」

気になることがある。入ってまもなくから、店長は時々二人に目を向けている。何とはなしに視線を向けてくる。高明は怪訝に感じ、何か言葉を発しようとしたが、彼はすぐに目をそむけた。その様相は不審なまなざしではなく、何かに惹かれるような、あるいは何かしら興味を持っているかのようにも受け取れた。

運ばれてきたサンドイッチと目玉焼きとホットコーヒー。コーヒーからはゆらゆらと湯気が立っている。どこまでいくのだろう。この湯気に孝男はなぜか不思議なものを感じた。どこか知らないところから、何かが湧き立ってくるようだ。そしてどこかへ消えていく。

孝男は思っていることを素直に口にした。

「お父さん、これから、僕はどうしたらいいんだろう。こんなムショ帰りなんか、誰も雇ってくれないし……」

そこには諦念の気持ちしかない。目は涙で光っている。高明はどう答えていいか、わからない。もともと口数の少ない父親だが、息子の極限の環境変化の場面でどう慰め、生きていく道筋を指し示せばいいのか、模索している様が手に取るように分かる。

何年前になるか、やはり傷害事件で有罪判決を受けたことがあった。このときは執行猶予が付き、保護司の観察のもと、協力雇用主により、豆腐店に職を得ることができた。そこでようやく一人前になりかけたころの失敗だった。前回と異なり、今回は保護司や協力雇用主を期待することはできない。そして誰よりも孝男のことを心配していた母親はすでにいない。すべては孝男本人と自分とで乗り切っていかねばならない。罪名は「傷害致死」、端的に言えば「人殺し」である。こんなことを知れば誰もまともに取り合ってくれない。悲嘆するのは当たり前だ。

二人が片隅でぼそぼそと話している間に、客は一人去り、二人去りして、とうとう父子のみとなった。断続的な会話が少し途切れた時、店長がやってきて声をかけた。

「いかがでしたか、コーヒーの味は？　濃い目をご注文されましたので、一杯半分の豆を細かく挽いて抽出しました。朝のお目覚めをシャキッとさせるようにほろ苦さは効いてきます。ブラックが良いですよ。そうそう、いつかのテレビＣＭであったでしょ、ウイスキーだったかな、〝何も足さない、何も引かない〟とね」

妙に明るい雰囲気を演出している。何か、人生を達観しているようでもある。

高明は思い切って聞いてみた。何を聞いても、何が起こっても、見ている人は誰もいない。先ほどいた客はすべて出ていった。暇そうにしているウェイトレスがいるのみ。

「あの、ちょっと伺いたいことがあるのですが、よろしいでしょうか」

「何なりとお聞きください」

「あの看板の『むしょ』とはなんですか?」

「ああ、ここの看板ね。『むしょ』、みなさん聞かれます。ここの近く、といっても二、三キロ離れていますかね、刑務所があるんです。わたし、そこへ一年半ほど入れられてましてね」

あまりにもあっけらかんと言っていることにびっくりした。刑務所に入っていた──そんなに軽いことなのか、悪びれた様子もない。

「出てきてもう五、六年になりますが、出た時仕事は何もなく、さまよっていた時、喫茶店をしようと思いついたんです。何故、喫茶店かって? 自分で始めるのに、履歴書は不要だからです。何処か会社なりへ入ろうとすると、履歴書が要るでしょう、そこの『賞罰欄』は埋めなくちゃならん。喫茶店の経営なんて自由にできます。資金は親類縁者に少しずつ頼み込みました」

淡々と話している。刑務所に入っていたなんて、まるで他人ごとのようだ。

「いったい、どうして刑務所に……」

「車の運転中に事故を起こしちゃって、法律的に言えば業務上過失傷害というやつで。ムショ暮らしをしてました。出てから、あれやこれやあって、喫茶店を始めるにあたって名前は何がいいかと考えた時に、刑務所のことが思い浮かんだんです。私の人生を大きく曲げた刑務所でのことが……」

ここまで言ったとき、目には光るものがあった。〝あの頃〟を思い出しているのかもしれない。

「刑務所あがりの喫茶店なんて、誰も寄ってくれませんよね。そこで〝ムショ〟、いや、これもいかん、カタカナではどうしても刑務所を連想させてしまう。ということでひらがなで『むしょ』としたわけです。刑務所を逆手に取り、ひらがなであたりを柔らかくしました。お客さんから名前の由来を聞かれたときには、その人の顔を見て答えるようにしてます。『むしょうにお客さんが欲しいから』とか、『むしょうに腹が立って』とか。『むしょうに腹が減った』もあります。ひらがなって、便利ですね。漢字、カタカナ、ひらがなを自由に操れる日本語は素晴らしいですよ」

父子は笑い転げた。

「それにしても、私たちが入ってきたときから、時々目が合いましたね。何かあったのでしょうか？」

「ああ、あれね、すみませんでしたね。直感で分かったんです。いま、出てこられたばかりだと。なにか、よくオーラとかいうあれ、カンです。動物的勘とでもいうんですかね。かつての出所者である私しかわからないカンです。入っている間に身についた人を見る目、あそこ独特の習性と言いますかね。ある種の人間観察ができました」

「そうだったんですか。なにか監視されているような視線も感じたものですから。ついさっきまでの拘束された現実から早く解放されたかったのに、喫茶店へ入ってもじろじろ見られているように思って……」

「それはどうも失礼しました。おせっかいで言いますと、元受刑者にとって、仕事を得ること、更生は難しいですよ」

実感のこもった言葉だった。それからも世間話をし、時間は経った。

「勝手なことを言いまして、どうもすみませんでした。お客さんはどちらの方か知りませんが、気が向けばまたおいでください。あぁ、今日のお代は結構ですから。わたしからのお祝いということで、不用意に目を合わせてしまってご迷惑をおかけしました」

あの店長には心の余裕らしきものがある。きっと生きていく意味を達観したのかもしれない。楽観的だ。何故だろう。喫茶店がうまくいっていて心の余裕があるからかもしれない。

店長を見て孝男も、何かしなければ……と心を動かされた。電車の時間は迫っている。

「それじゃ、電車に乗ろう。家へ帰って落ち着いて、次のことを考えよう」

孝男はそれに従うしかなかった。

電車の窓から見える景色。刑務所からは見られなかった人々の住んでいる空間、働き生活している場所、あぁ、懐かしい……。

今日は幸いなことに朝から晴れ渡っている。太陽の輝きは何か希望の光を照射しているように、その栄光を充分に受け入れたい心地にさせた。

電車を降り、久しぶりの我が家へ向かう間も何も話さない。何を話せばいいのか、言葉が見つからない。まるで言葉を忘れたかのようだ。

ようやくにして家にたどり着いた。家を出てから二年半余り、ずいぶんとまわり道をしたものだ。敷居は高くなっている。一瞬、入るのに躊躇した。父はその気配を察知したのか、背中にそっと手をあてがい、「さっ」、小さく声をかけ、押した。

家に入り、周囲を見まわした。そこには本来いるべき人がいない。そればかりか、小さな仏壇に収められている一枚の写真が目にはいってきた。遺影だけが出迎えている。正座して正面を見据えた。母だ。思わず涙が流れ出てきた。家へ帰っても母の居ないことはわかっていたつもりでも、改めて現実を突きつけられた。仏壇の中にいる微笑んだ姿……目を閉じると、次からつぎへと母の姿が、母の声がそこかしこから響いてくる。

目を閉じ、手を合わせた。

「お母さん、赦して下さい、僕の不心得のために……」

あとは声にならない。沈黙のときが流れた。微動だにせず、手を合わせている。

仏壇の前を何気なく見ると、薄い一冊の本があった。『歎異抄』という妙な題。何の本かわからないが、仏壇の前にあったことで興味を引いた。

頁をめくった。ある頁に目が留まった。

「善人なをもて往生をとぐ、いはんや悪人をや」

孝男にとって何のことかわからないが、わけのありそうな言葉であった。父はどうしてこのような本を読んでいたのか、善人のことを説いているかと思いきや、つづいて「いはんや悪人をや」がある。この言葉には何かひっかかるものがある。〝悪人〟とは何を、どのような人を言っているのか、いつか時間のある時に考えよう。静かに本を閉じた。

高明は息子の後ろに座り、じっと息子の所作を見つめている。

まだ刑務所にいる時、慰問に来た歌手の歌に心を奪われたことがあった。今もはじめの部分を覚えている。

ここから出たら　母に会いたい
おんなじ部屋で　ねむってみたい
そして　そして　泣くだけ泣いて
ごめんねと　おもいっきりすがってみたい

作詞・作曲　船村徹「のぞみ（希望）」

この曲を何度口ずさんだかしれない。いやなことがある都度、思い出しては小さく歌っていた。慰問に来てくれた歌手は、まるで神様か仏様が遣わした使者のように思えた。慰問団が帰るとき、受刑者一人ひとりとしっかり握手をしてくれた。固く。涙が出たのは孝男一人ではなかった。多くの受刑者から嗚咽が聞こえた。

高明の出してくれた緑茶は、気分をほぐしてくれた。温かい湯気が立っている。気分を和らげる淡い緑。

涙とともに母のことがいろいろと蘇ってくる。病弱な父を支え、家計をやりくりしながら、自身も身を削って働いてきた日々。心はとことん参っていた。積み重なる心労のため、自殺に追い込まれたのかと思われる死。そういう母の姿を知っているからこそ孝男は、刑務所から出るにあたって、今度こそ立ち直ろう、人並みの生活をしようと決心した。

背後から声がした。

「孝男、今までの苦しみは忘れることだ。これからの生活を考えよう」

父の励ましの言葉はありがたいが、そうはいっても普通に生きていくことが容易でないのは充分に知っている。今までの人生がそうだった。世の中は甘くない。さらに続けた。

「今日は畳の上でゆっくり過ごし、寝ること。心を空っぽにし、明日になれば、それから考えよう」

高明の言い方は、まるで決意表明のようでもあった。

夜、二つの布団を並べて床に就いた。何年も使っているためか、決して快適とは言えない夜具である。それでも今日からは安心して眠りに就けるのだ。鉄格子はない。夜中に看守の歩く金属音もない。目に入るのは、長年使い古したタンス、押し入れ、座布団のいくつか。そこには父と母の〝生活の沁み〟がある。夫婦喧嘩の残滓として消えずに残っている。かつて繰り広げられた夫婦喧嘩の有様は、子供心にもくっきりと刻まれている夫婦の悲しき歴史。

時は過ぎている。高明は促すように言った。

「灯りを消すよ」

「うん」

部屋は暗くなった。二人とも寝ようとするが、昂っている心のためか、落ち着かない。真上を見て目はぱっちりとしてきた。二年余りの刑務所でのあの体験の数々。苦渋は容易に消せるものではない。強制された労働、服務のさまざま。一人寂しく早食いする食事。廊下に響く看守の靴音。何があったのか、二、三人の看守に引っ立てられていく老人の姿。「やめてくれ！」と叫ぶ受刑者の悲鳴。何ひとつ良いことはなかった。ひたすら一日が過ぎていくのを待つばかりだった。

何度も寝返りを打った。ふと思った。刑務所では寝返りを打つことは許されなかった。就寝中はいつも首から上は布団から出し、真上を向くことが半ば強制されていたからだ。

自由になった今、次からつぎへと蘇ってくる情景を振り返っている。今はこの上ない幸福感に満ちている。夜、静かな廊下を金属的な音でコツ、コツ、と静寂を破る不気味な足音はしない。戸を開閉するときの不快な金属の擦れる音もしない。今、かすかに聞こえるのは、スー、スーと早くも眠りに入った父親の寝息である。ここは天国だと思った。

また母親のことを考えた。病気がちな夫、自分がなんとかせねばとの思いから、昼間だけでなく夜も働いた。特に深夜にかけての飲み屋の仕事は、座ることができなかった。きつかった。そんなとき思った。手に資格を取っておけば、どんなに心強かったか。いまは誰かが言った言葉、

「働けど働けど、なお楽にならず、じっと手を見る」、まさにそのような毎日だった。

息子が家出をした。一通のハガキでどこかのお寺にお世話になっているらしいことが分かった。何故、どうしてお寺へ行ったの？　その心境は親の私にもわからない。たぶん、夫にもわからないことだろう。きっと内面的な苦しみがあったことは想像できる。母にも、父にも言えない悩みが。お寺へ行けば誰かが悩みを聞いてくれる願望があったのか。もしかしたら心の苦しみは解決するかもしれない、と淡い希望をもって。それにしても、その悩みに気づかなかった母親、父親はいったいどういうことだ。毎日をどう一緒に暮らしていたのか。子供の苦しみに寄り添えなかった、母親失格だと嘆き悲しんだ。

孝男ははっとした。母が夢枕に立っていた。はっきりとした姿は、まるで降臨してきたかのように思えた。母はかすかに聞こえる声で呼びかけるようだった。

「孝男や、出てこられてよかったね。あそこでは苦しいこと、嫌なこと、多かったろうね。これからのまだたくさんある人生をしっかりと〝吟味〟しながら歩んでいくんだよ。いま思っても取り返しのつかないこと、そう、わたしが天国へ旅立った瞬間。お前のことをあれやこれやと考えてふらふらっとしていたというか、前後のことがわからなくなって、車道へ出てしまい、猛スピードで走ってきた車に跳ね飛ばされてしまったの。だからあの事件は自殺と思われても仕方のないことだったわね。運転手さんにはえらい迷惑だったでしょう」

ようやく聞こえた母の声。出所した息子に言いたかったのか、言い終わるや静かに消えてしまった。それからもいろんなことが頭をよぎった。そしていつのまにか幾度か横になったり、上を向いたりしているうちに、無意識の世界に入った。

翌朝、青空の下で新しい一日を迎えた。気持ちは晴れ晴れとしている。なんといっても、太陽の光がさんさんと降り注いでいるから。

僕には父がいる。そして、目には見えないが、人一倍誰よりも心配してくれる母がいる。天上から見てくれている。しっかりと。存命中、そう、たしか高校生の時、遠い日を思い出したように言ったことがある。

「あんたを生んだときは、お母さん、ずいぶんと苦労したんだよ。いよいよ出産というころ、ほぼ一昼夜という長い時間、陣痛の苦しみを耐えて、あんたが生まれてきた。あの苦しみでどうしてこの子が生まれたか、不思議でならなかった。どうか幸せに育ちますように。それだけを願って」

その息子はどれだけ母に感謝できただろうか。

今日からの新しい僕がはじまるのだと実感した。いや、そう思いたかった。

高明はすでに職場へ向かっている。ひとり残された孝男は茶を飲みながら、これからのことを考えはじめた。

同年代の若者からすれば、歩むべき道を人生の序盤で大きく踏み外した。これからどう立て直し、「まともな人生」にしていけるのか、心中は苦悶の真っただ中にある。一度や二度の人生では経験できないものを、この三十年足らずで味わったことになる。その数々は決して自慢できるものではない。

今の現実、生活のため、何か働かねばならない。仕事先を探すには履歴書が必要となる。賞罰欄に「なし」とは書けない。しかも豆腐店を辞めたいきさつ、二年余りの説明したくない期間のことなど、人には言えない。

今や腹を割って相談できる人は父しかいない。友達も知人もいない。夜、帰った父に思いのたけをぶちまけた。口数の少ない父は黙って聞いていたが、やっと口を開いた。

「そうだな。世の中の人は、本当はどうあれ、その事柄の中身は斟酌することなく、現象だけを見て判断するから。なぜそうなったのかなんて、見ちゃくれないからな……」

また考えるようにして、

「他に相談できる人はいないかな。事情を知っている人でないとなぁ……」

ふと、裁判の時、私選弁護人としてがんばってくれた人の姿が思い浮かんだ。しかし、すぐに打ち消された。数多い事件の中の一件だ。とっくに忘れられているに違いない。

考えてみれば、孝男の交際範囲はないに等しくなっていた。この間に友達は結婚し、子供を授かった。孝男のことにかまっていられないのが、偽らざる現実だった。

仕事先を探すうえで、プラスのものは何もない。特別の技術や資格を持っているわけでもない。

自慢できるものは何もない。これからはすべて茨の道だ。だからといって何もしないわけにはいかない。自分でおこなった結果としての傷害致死。他人に責めをかぶせるなど、できることではない。

2

とうとう決心した。かつて働いていた豆腐屋に、まずはお詫びに行くことだ。心には重いものを背負っている。それでも一度はくぐらねばならない関門として。育ててくれた店主の反応は、わからない。罵倒され、追い返されるのは覚悟した。

一回目の裁判で執行猶予がついたとき、山田という担当保護司が指名され、定期的な観察が行われた。結果的にはその保護司の苦労で孝男は仕事に就くことができたのだが、そこに至るには越えなければならない大きな山があった。協力雇用主の協力である。豆腐店の藤井店主は、社会への良き協力者になるためそこへ登録していた。

誰か良い者はいないかと頼んでいたのだが、いざ具体的な名前を添えて持ち込まれると、すぐには受け入れられなかった。藤井店主には昔子どもがいたが、ある日、近所の若者によって幼い生命を亡くした。信じていた青年であるがゆえに、わが子を殺められた無念さはいつまで経っても癒えることはなかった。それ以後、人間が信じられなくなった。夫妻ともその気持ちは変わらない。

かつて受け入れた孝男だが、今回の場合は傷害致死で、原因はともかく、ひとりの青年を死に追いやり、そのため二年六か月の実刑を言い渡されたのである。

彼を再び雇ったとして、「前科者」「殺人者」とか、近所の人は噂を立てるかもしれない。そのとき、店主としてどう対処すればいいのか。

妻に相談した。長く沈黙した。何か考えている。ときに涙を流してたったひと言、「あなたについていきます」。昔の悪夢が忘れられないにもかかわらず、気持ちを抑えているのがわかる。

一緒に仕事をした職人の酒井にも訊いた。じっと思案していたが、出てきた言葉は、「ひと晩考えさせてください」。翌日、はっきりと言った。「孝男を守ります」。そう応えた時、店主は覚悟した。あとは孝男が来て、例の件について謝るのを待つのみ。

三人の心の準備はそこまでそろっていた。

時間は一日の仕事がようやく落ち着くころ、夕方の四時を選んだ。

藤井は店の前に現れた青年をひと目見て、あの佐々木孝男であることがわかった。しかし、一瞬、声をかけるのに躊躇するものがあった。単に三年ほどの時間が過ぎたからではない。そこには言葉ではうまく表現できない空白の期間、なにものかがあったからだ。その間に生起したさまざまのことが、走馬灯のようにくるくると展開した。協力雇用主としての自分、豆腐店店主としての自分……。

映画「男はつらいよ」のなかで、主人公の寅次郎が久しぶりに故郷である柴又の団子屋に帰ってきてもすぐには店へ入れず、行ったり来たりしている戸惑いの姿。まさにその姿があった。酒井がその姿を見逃さなかった。

「おい、孝男じゃねぇか。何をぼさぼさしているんだ、さっさと入れよ」

それは救いの声だった。引きつれられるように店主は玄関へ行き、「さっ」と中へと導いた。

この豆腐店は、店主夫妻、先輩職人の酒井信一、佐々木孝男の四人で営んでいた。ある日、孝男の不覚により機械が壊れ、その日から数日、生産ができなくなった。孝男は謝罪もせず、その場から立ち去った。それからというもの、店を維持していくのは苦労の連続であった。高価な機械を交換した後、三人で店を切り盛りしていかねばならなかった。新たに人を入れるだけの余力もない。あの時のことを思い出した。

一方の孝男は家へ帰ると、交際していた女性から別れの手紙が来ていた。それを見るや自暴自棄となり、何も考えることなく、いつか聞いた自殺の名所・東尋坊へ行ったのだった。

中へ入ったものの、店主夫妻と酒井に対する謝罪の言葉をどう切り出していいのか、戸惑った。間をおいて思い切って言った。

「おやじさん、先輩、あのときはどうもすみませんでした。私の不注意のために大事な機械をだめにし、損害をかけてしまったこと。それに狼狽し、ろくにお詫びもせず逃げてしまったこと、お許しください。なんといってお詫びすればいいかわかりません」

そこまで一気に言って、次の言葉を探した。

「それからいろいろとありました。心を入れ替えようともしました。あげくの果ては母にも大きな心配を掛け、帰らぬ人になってしまいました。お寺に入って人間的修養ができれば、と簡単に思ったりもしました。物事を安直に考えておりました。そんなに簡単にできることではありません。でもその責任は私にあります。それから川の土手での事件、傷害致死事件です。新聞報道などでご存知のことと思います。刑務所で償いをし、おととい、わが家へやっと帰ってまいりました」

孝男は大粒の涙を流した。

どれほど泣いただろう、咽び泣きともいえる状況に、店主も先輩もあるいはそばで成り行きを見ていたおかみさんもどうしてよいのか、見守るしかなかった。三人はそれぞれに、刑務所での苦しかった日々に、人に言えないことがたくさんあったのだと察した。おかみさんの胸に、今は亡き母親の代わりができるものなら、そんな思いが込み上げてきさえした。

時間的にはどのくらい経っていたのだろう、客の少ない時であったのが幸いだった。号泣は止んだ。泣くだけ泣いて少しは精神的に落ち着いたのかもしれない。差し出されたティッシュペーパーに、ただ「ありがとうございます」と言えるのみだった。

言葉を詰まらせながら、思い切って頼んだ。体は震えている。

「おやじさん、もう一度僕を雇ってもらうことはできないでしょうか？　心を入れ替えて仕事に励みます」

店主と酒井は顔を見合わせた。生活に困っていることはわかっている。二人は何も言わず、うなずいた。あらかじめ二人で話し合っていたことだ。孝男が出てきたら、望むならもう一度ここで仕事をする機会を与えてやろうと。とはいえ、本人を前にして簡単に決めるわけにはいかない。そのそぶりも見せてはいけない。ある種のケジメと威厳も必要だ。腕を組んで考えた。

以前のように素直さを失わずに本当に働く気持ちを持っているだろうか。過去のわだかまりはそれとして、酒井ともうまくやっていけるだろうか。懸念はぬぐえない。刑務所生活をとおして、孝男は人間として何が変わり、何が変わっていないのか。よもやひねくれた性分だけはもっていないだろうな。先ほどからそのことを何気なく観察している。

「孝男、わかった。明日から来なさい。でも、わがままは許さんぞ。性根を入れて頑張るんだ。いいな。豆腐にも〝心〟ちゅうもんがある。お客さんにおいしく食べてもらうには、心がかよっていないとダメなんだ。わかるな」

孝男の様子がほころびかけているのを察知した。

「よし、今日は帰って、明日から仕事に来なさい。いつもの時間、待ってるぞ。それから、お父さんを大事にせえよ」

今や父子二人の家庭であることに心を配った。

「はいっ」

はっきりとした言葉で応えた。目は涙で光っている。

孝男は家路を急いだ。親父さんの言った「豆腐にも心っちゅうもんがある」という言葉が胸に響いた。ならば、〝心〟を味わってもらおう……。

翌日から、以前と同じく早朝に出勤した。孝男は働くことの喜びを取り戻した。親父さんと先輩の息の合った仕事を見ながら、孝男は少しずつ昔の勘を取り戻していった。

長らく見なかった孝男の姿を見た常連客たちは、びっくりした。

「あら、お兄さん、お名前を忘れたけれど、長いこと見なかったわね。どこかへ行ってらしたの？」

人の噂も七十五日、孝男のことはとっくに忘れられていたが、久しぶりに店頭に顔を見せると、やはり思い出されたようだ。その言葉の裏にはどこか猜疑心のようなものが垣間見られ、どきっとした。丸く収めようと親父さんが割って入った。

「いえね、しばらく他の仕事がしたいとか言って、その時はまだ見ぬ世界をみつけるんだ、とかかっこいいこと言ってはいたんですけれど、そこが倒産しちまって、どうにもならなくなったってわけですよ。ま、これからもよろしくお願いしますよ」

店主としては何があっても〝ムショ帰り〟ということだけは隠したかった。ちょっとしたことで、どのように噂が広がるか、世の人は無責任であることを知っているから。孝男は親父さんの助け舟にホッとした。

3

休みの日だった。ふとテレビを見ていると、刑務所のことを扱った番組が目に入った。見たくないものだった。あんなところ、二度と思いだしたくもない。同時に、世間の人はどうとらえているのだろうとの思いも交錯した。どういう目線で番組が制作されているのだろう、気になることではある。

起床から就寝まで刑務所の一日の生活と、ある人の入所に至った経緯などが画面にボカシを入れた編集で紹介されている。出所した元受刑者も入所時の体験を語っている。

彼らにとって、口を割りたくないことは多々ある。なかでも生身の人間として一生消し去ることのできないのは、裁判で実刑が確定し、いよいよ拘置所から刑務所の門をくぐった時のことだ。そこには地獄の一丁目ともいわれる〝関所〟があった。

テレビでは触れていなかったが、移動車から降りると、大勢の刑務官の怒鳴り声と威圧的態度にまずは最初の一撃を食らった。そして「新入取調室」での持ち物検査。最も屈辱的だったのは、全裸にさせられて全身くまなく見られての検査。特に肛門まで見られての検査では悲鳴を上げた。何があろうとも文句は言えず、言えば直ちに懲罰が待っている。さらに刑務所内での振る舞いを徹底させるための「考査訓練」と称されるもの。刑務官の指示に従わなければ、容赦のない叱咤が飛ぶ。初めての者がここで萎縮してしまうのは間違いない。

番組はみごとに編集されている。テレビ局にとって問題にしたくない内容や、刑務所にとって都合の悪いことは、当然ながら流されない。一般には見ることのできない刑務所内を撮影するのだから、当局の意向には逆らえない意識が働く。見事な「自主規制」だ。

孝男は無数の苦しかったこと、嫌だったことを思い出した。一般社会とは隔離され、閉ざされた社会。屈従と隷従とが叩き込まれ、刑務官の指示がすべてまかりとおるという現実、受刑者たちは何も訴えることはできない。

出所時、「作業報奨金」とかの名目で支払われるものが、二年余りの懲役で二万円ほど。たったこれっぽっちが封筒に入っていた。計算すると月給五百円――。受刑者にもいろんな技術を持っている者がおり、立派な作品もつくられている。いくら懲役刑によるものとはいえ、あまりにもひどすぎる……。しかし、その考えは甘いことに気がついた。「懲役」とは、監獄に一定期間拘置し、身体を拘束し、刑務作業（強制労働）につかせること。一般社会での労働と同じように見るにはおのずから無理がある。あらためて「懲役」の意味をかみしめた。

テレビには食事シーンもあった。刑務所内で唯一ともいえる楽しみは食事の時間。それは確かだが、それゆえに人間の醜さがむき出しになることもあった。ある日のこと、食事の量をめぐって争いがあった。ある受刑者が、同室の者より少ないといって騒ぎ出した。見るとほんの少し、比べてもその量の多少は判別のつかないほどだ。それでも訴えている者にとっては問題にしたかったのだろう。騒いでいると駆け付けた体躯の良い刑務官三人に両腕をつかまれ、連れていかれた。きっと別の場所へ懲罰のために強制収容されたのだろう。その後のことは聞くこともできなかった。

孝男は二年余りのことを思い出したくないのに、いろいろなことが、ふとしたときに脳裏を掠めてくるのだった。人生の消すことのできない汚点、しかも大きな汚点であることは間違いない。二度と〝あそこ〟へは行きたくない。それでも二犯、三犯と繰り返す人は絶えない。何故だろう。

久しぶりの一般社会で、復帰を許してくれた店主や先輩の心意気を感じた。世の中の非情を体感するとともに、人びとの情愛にも触れることができた。非情と情愛、両者が絡まりつつ、矛盾を抱えたまま日々が流れている。世の中は、犯した罪のため罰を受けて出所したにもかかわらず、彼らを温かい目で受け入れる素地の整っていないことも事実である。身を寄せる知り合いがいなくても、刑期が満了すれば追い出される。親身になって話を聞いてくれる施設もない。そうした複合的な理由が重なって、「もう事件を起こしません」と誓ったにもかかわらず、出所してすぐにやらかしてしまう。また、路傍の人となり、警察や拘置所では三食きまって食べられるために、再犯に陥る者もいる。

孝男はそういう現実を身をもって知った。

時に冷たいとも受け取れる対応は、世間だけではない。兄弟においてもみられることだ。高明はある日、ふと思った。そういえば我が家には親類づきあいというものがない。以前は確かにあった。自分は三人兄弟で、兄・洋一は二歳上、二歳下の妹の奈央子とは一緒によく遊んだ。小学校の頃は三人そろって登下校し、今日あったことを母に誰よりも早く報告しあった。母の喜ぶ声がそこにはあった。近所でも評判の仲良し兄弟だった。

大きくなって、妹は結婚して夫の仕事の関係で遠くに離れているが、男兄弟二人は近く、少し足を伸ばせばたやすく会える距離に住んでいる。洋一は時どき弟宅を訪ね、誕生日やクリスマスには決まってプレゼントをくれた。孝男はこれがうれしくて、よくなついたものだ。やさしい伯父さんと遊ぶのを楽しみにしていた。

洋一は小さいころから成績が飛びぬけて良く、テストはいつもトップだった。それに引き換え高明は中の上のあたりを行ったり来たり。洋一はいわゆる旧帝国大学に現役で合格したが、弟は受験すらできず、それより入りやすい大学を卒業した。いつしか洋一は弟のことを見下すようになり、それが言動にも現れた。「なんだ、二流大学の卒業で……」。高明は反発心を持つようになった。

洋一と高明との間に隙間風が吹くようになり、特に決定的と思えたのは、孝男が初めて被告人となり裁判にかけられた時だった。洋一は自分の甥が被告人として刑事事件で裁かれるのを知った時、身内からこのような不名誉な者を出したとの恥ずかしさで夜にもかかわらず乗り込んできた。高明は兄を追い返すのに腐心した。執行猶予となったが、縁あって豆腐店で仕事をすることになったことは洋一に隠しとおした。社会的弱者に対する見方では、異なるものを持っている。

二回目の事件、孝男が傷害致死で逮捕され二年半の実刑を言い渡された時、新聞を見てこのことを知った洋一は、前回に増して侮蔑の情をあらわにして家へ乗り込んできた。言った言葉に驚いた。

「これで俺の教授への昇任はなくなったんだよ！」

一瞬、兄が何を言っているのか、わからなかった。少し時間をおいて考えると、自分はもうじき教授への昇任が予定されている。ところが一族で刑務所に入れられている者が出ると、教授への昇任は無理だと早とちりしたようだ。そんなのは審査対象外だってこと、知っているのに。どこでそのようなくだらない考えに陥ったかわからないが、年齢がいくとともに焦りもあったのか、その時は真剣にそう感じたようだ。というのも過去に一度、教授会への選考にかけるかどうかを決める予備的会合、人事小委員会で洋一の昇任が保留・後回しになったと伝え聞いたことがあり、それが作用したのかもしれない。「今度こそ教授に！」。余計に願望は高まり、そのような考えをいだくようになったのだろう。

孝男が刑務所に入ってからというもの、高明から連絡しようとしても兄とは音信不通となってしまった。〝兄弟は他人のはじまり〟との諺を耳にするが、そのようなことが本当にあるんだと思った。

ある日、遠くに住んでいる妹からはがきが舞い込んだ。文面は用件のみ、

「甥が殺人で刑務所に入っているなんて、恥ずかしくて、主人に言っていません。わたしたちはここで平穏に過ごしております。何も言ってこないでください。お願いします」

ガーンと衝撃を食らった。洋一から甥の刑務所入りを知らされ、良くないことを吹き込まれたのであった。二人で高明との付き合いを断つように申し合わせたのだ。

妹の夫は中都市で市会議員をしており、兄の子どもが殺人で刑務所に入っているとのうわさが広まると、一身上の問題、ひいては進退にまで及ぶとの認識をもち、この情報だけは何としても出ることのないよう、広がらないようにと考えたのだった。

洋一も奈央子も高明から見れば自己中心的だが、当の本人からすれば真っ当に思えるのだろう。こうなってみて、兄妹は表面的な見栄だけで生きている〝虚飾人間〟であることが分かった。

高明は決意した。孝男は元々からの悪ガキではない。一時の間違いで傷害致死となったのだ。こうなれば意地でも立派に更生させてみせる。兄妹は頼りにならない。なんとしてでも、立派に……。

父のこのような思いを知ってかどうかわからないが、孝男は毎日を新鮮な気持ちで過ごしている。休日には近所から少し離れたところを散歩した。

歩きながら、ときには刑務所の同房仲間を思い出したりもした。あの人はどうしているだろう。何か仕事にありつけただろうか。印象に残っているのに、松田とかいう三十代半ばの男がいた。

見たところ悪そうには思えなかったが、恐喝と傷害で二度目の入所。ある日のこと、夕食後にもう一人を加え、三人でひそひそと身の上話をはじめた。

「わしはね、一回目は窃盗事件、簡単に言うと泥棒をやらかしたんだよ。勤務先をクビになってひと月、金も食料もなくなり、アパートの家賃も滞り、電気やガスも止められ、コンビニへ入って店員の目をごまかして弁当を掠め取った。気が付いた店員ともみあいになり、怪我をさせてしまって。運悪く店員は後遺症を残したため起訴されて、はじめて裁判という儀式を目の当たりにしたよ。そして初犯ながら実刑を食らったちゅうこと。

一年半後に出てきても誰も頼る人はなく、その日から空腹には耐えられず、再びやっちまったんだ。再犯となると、警察も検察も裁判所までもが、『こいつは悪いやつ』『再犯イコール悔悛不能』とのレッテルを張りよる。そのため刑罰も重くなるんだ。執行猶予なんて、絶対つかん。わしは最初出た時、もうあんな所へは行かない、二度とやるもんかと決意したよ。けど、頼るところも人もなし、自分一人で立ち直れといっても、限界っちゅうもんがあるんだ。それでもある所へ行ったよ。人に言われて、そこは何とか相談所とかいったね。市のやっているところだ、詳しい名前は忘れた。五十歳くらいのおじさんが出てきて、一応わしの話は聞いてくれた。何とかなるかな、と思った。一瞬でも。しかし、無情にも『はい、五時になりました。後はまた明日』と言われて相談窓口は閉じられた。翌日に行くとその人はいない。聞けば休暇をとっていますと。他の人に一から話す元気もなかったよ。それ以後はわしの頭には役所は〝非情の五時〟と意識が注入されたんだよ。おいらたちの役には立たねえってね」

孝男は何年か前、寺の小僧さんに助けを求め、泊めてくれたことを思い出した。あの「一夜の宿」がなければ、どうなっていたか。松田の話を聞きながら、思い出していた。

4

津田千里はとある法律事務所で働いており、与えられた仕事を実直に進めている。もうかれこれ三年余りになるだろうか。いろんなことをしてきた。裁判所へ出す資料作り、訴訟関連の資料整理、コピー、ファイリング、客へのお茶出し、スケジュール管理等々、はじめは教えられながら失敗しつつもこなしてきた。最近では後輩事務員に教えることもあり、ときには「指導係」に指名されることもある。新入事務員の福田奈央子からある日尋ねられたことがあった。

「わたし、大学は一応出ていますが、法学部ではないし、法律の知識もないし、できるかしら、と思いながらここへ応募したのです。そしたら先生（弁護士）から、うちにはそういう人がいるから、その人から経験談などを聞けばいい、と言われたんです」

津田は、自分の経験を話すのならそれほど難しいことではないと思った。

「わたし、前は衣料品の販売をしていたのよ」

福田はびっくりした。ぜんぜん畑違いだから。

「それがひょんなことでここへきてしまって……。はじめは苦労したわ。違う世界へ来たように思って。どこの世界でも専門用語、業界用語というものがあるでしょ。それがわかるまで時間を要したわね。例えば被告と被告人の違い、事件という言葉の意味。郵券、これって切手のことなのにわかりにくく言っている代表格ですよね。他にもいろいろな書類のことなど、知ったかぶりはせず、わからないことはとことん聞くこと、と思うようになったの。書類ひとつ作成するにもいい加減ではできないし、気を遣ったわ」

福田は今の自分のことを言われているのだと思った。

「三年余り経って、今では裁判所などへ提出する資料についても要件を言われれば大体のことはできるようになりました。もちろん、提出の前には先生のチェックは受けますけれど、おおむねまあまあだと思いますよ」

にこっとした。

「すごいですね」

「でもそこまでになるにはずいぶん失敗もあったのよ。人に言えることも、言えないことも含めて」

少し微笑んだ。

「私も早くできるようになりたいです」

「地道に、しっかりと。この仕事、ここで見聞きしたことは誰にも言わない、これってモットーよ。固く言えば〝守秘義務〟っていうこと。大事ですよ。隣の人がどんな案件を担当しているのか、知りませんもの」

「はい、わかりました」

どうやら、良き先輩・後輩になれそうだ。

この法律事務所の所長は宮城雅之といい、かつて傷害致死事件を起こした佐々木孝男の弁護人であった。裁判が終わって、孝男が津田の〝元カレ〟であったことを聞かされてびっくりしたものだった。

宮城は孝男に対して印象は悪くなかった。いや、むしろ良い方だった。裁判の時にも、被害者家族に対し謝るべきはきちんと謝罪し、問われたことは隠さず、正確に話していた。ただひとつ、裁判の過程で攻勢に出られなかったのは、孝男が裁判にかけられたのが初めてではなかったことだ。再犯となると、裁判官の印象も良くない。心情としていかんともし難いことだ。家庭環境を調べると気の毒な面もあった。何とか軽くできないかと模索した。結果は懲役二年六か月。原因はともかく、もみ合いの相手が死んでいることを斟酌すると、量刑としては軽い方だったかもしれない。

この裁判の審理途中、津田の様子は他の案件の時とは異なっていた。被告が〝元カレ〟であったとの告白、できることなら言いたくなかったと、内には明かしたくない事情が漂っていた。その彼のために資料を作成し、何かと骨を折っている姿。ホロリと告白してくれた時の心情には痛いものがあった。静かに涙を浮かべていた。

この裁判官の過去の記録を調べてびっくりした。裁判官は転勤が多いと聞いているが、なんと初犯のときもこの裁判官が担当したことが分かった。当地へ転勤になって最初の担当であった。公正無私と過去の判例を参考にすることが重視されていることから、この偶然は何ら影響しないとは思うが、それにしてもめったにないことだ。

宮城はふと外の景色を見た。

鳩が飛んできて電線に止まっている。仲間かもしれない。鳩たちがやってきて、まるで何かささやいているようだ。この何気ない一瞬を見て、二年半ほど前の裁判所の法廷場面を思い出した。裁判は終わり、実刑が宣告されて両脇を廷吏に挟まれていく佐々木孝男のうつむいた姿を。そういえば裁判の傍聴を津田が申し出た時、なぜだろうと怪訝に思った。孝男を見送るとき、なにか虚ろな様子だった。

孝男の行く末について、刑務所内でどのように過ごしているか、外面だけでなく実際の生活面まで、弁護士ではその全貌をとらえにくい。わからないもどかしさがある。

懲役二年六か月の実刑が宣告された。そろそろ刑期満了を迎えるころだ。もしかしたら素行良好で早くに出ているかもしれない。確認は取れていない。それに、いま、調べる必要のないことだ。津田には黙っておこう。あの時から家庭の状況も複雑になっていることでもある。

孝男と津田千里の出会いによって、親子関係、家族全体には大きな亀裂、もはや修復できないものが生じた。たぶんに大人のエゴによるものであったが。二人の出会い以後、身のまわりに起こったことは、簡単に修復できるものではなかった。そのころは二十代半ばだったが、世の中の何が正しく、何が不正なのか見極めていくこと、一人前の人間になっていく試練の必要を感じた。ときには豪胆さも必要になることを。これからの人生という荒波に向かっていくため、びくともしない大人になるために。

偶然とは恐ろしいもの。ある時、孝男と千里は街を歩いているときに出くわした。互いの容貌は忘れていない。歩き癖も変わっていない。ギクッとした。いつか見た、いつか一緒に過ごした二人、だが、別れねばならなかった二人。

その場で目を合わせたまま動かない。雑踏であれば押されたであろうが、幸いにも歩行者は少なかった。互いの今を確認するように見つめあった。

「あの……」

ひと言出た言葉は続かなかった。同じように、

「あの……」

二人は言葉にならない何事かを発した。それは、ただの若い男女が別れ、年月が経って再会したという単純なものではなかった。どうしても忘れることのできない、越えられない深い河があった。人間のドロドロとしたものもあった。親子の相克には二人の家庭の崩壊を招いてしまう

ほどのものがあった。

やっと言葉らしきものが発せられた。

「お元気ですか」

言えたのはそれだけだった。

「佐々木さんはいつ……」

それは刑務所からの出所を意味していた。

「ひと月ほどになりますか、今は前の豆腐店にまたお世話になっています。あれから、なんといっていいいか、いろんなことがありすぎて、心はいまだに整理できていないことがあるんです。親父さんのおかげで、今はなんとか生活できてます。家には父がいて、あ、母がいたんですが、事故で亡くなりました。ご存知かどうか知りませんが。津田さんはいかがですか？　もしかして、ご結婚とか……」

「いえ、まだ〝津田〟のままです」

長い間の空白は名前を呼ぶにもどこかよそよそしい空気だ。名ではなく姓で呼んでいる。ぎごちないものが、その場を支配している。

近くの喫茶店へ入り、互いの近況を述べ合ったことは言うまでもない。二年半余りの間に経験したこと、身のまわりに起こったこと、苦しんだこと、特に津田は家庭崩壊という事態があり、父を失い、母とも別れ、一人で生計を立て、厳しい現実の中で生活していることを涙ながらに語った。

翌日、事務所へ出勤すると、昨日までとは異なる何か新しい日を迎えたように思われた。孝男との偶然の再会があったからかもしれない。喫茶店でのひと時はもしかしたら何年か前にタイムスリップしたのか、いや、そんなことはない、確実に月日は経っている。

仕事が終わり、帰り際に昨日あったことを宮城弁護士に話した。じっと聞いていたが、やがて喜びの顔として変化してきた。

「そうか、満期前の仮釈放だったんだね。あそこにいるとき、きっと素行はよかったんだな。そして何より前の職場、豆腐店で働いていること、親父さんも一肌脱いでくれたんだ。近いうちに豆腐店を覗いて彼の姿を見るよ」

津田は宮城があれから二年半ほど経っても彼のことを覚えてくれていたことに感謝した。帰り道、久しぶりに楽しい気持ちになれた。

人は皆ひとりで生きているのではない。多くの人たちの支えがあって生きていけるのだと、ぼんやりとでも考えられるようになった。

しかしそれにしても、二人の事情はあまりにも複雑すぎる。人生のなかで、さまざまな人たちと出会いを繰り返していること、良い影響を与えてくれる人、接触を避けたい人、多くの悩み苦しみの中で生きていることを、二人はまだ若いながらも身をもっていろいろと体験してきた。

5

孝男はある日、海を見に行った。なにとはなしに気分転換で未知の世界に浸りたくなった。普段なかなか見ることのない海。電車に乗り、バスに乗り、ようやくたどり着いた。

どこまでも広い世界だ、急に眼前に広がった大海原を前にしてしばらくじっと動かない。遠く大海原を見られるだけ見て、新鮮な空気を思いっきり吸って深呼吸をした。真正面に大きく見える海。夫婦岩は見事な造形美を具有している。渡ってみたい衝動に駆られる。岩の上には小さな木々が生えている。

ポケットには一冊の文庫本『カモメのジョナサン』（リチャード・バック著、五木寛之訳）を忍ばせている。いつか古本屋の店頭でパラパラとめくり、カモメたちの自由にはばたく姿に魅せられて衝動買いした。裏には「１００円」と貼られたままだ。始めの二、三ページを読んだだけで、どこかに隠れていた。なぜその本を持ってきたのか、説明できない。

夕日のころを想像してみよう。素晴らしい景観が夢想できる。右手にはずっと砂浜が広がり、夏には水泳客でにぎわうざわめきがやってくる。浮き輪を持った子供たちがすぐにでもやってきそうだ。左の方へ目を移すと、松林が続いており、それは防風林の役割を果たしている。見事な景観を写真に残そうと、カメラマンが押し寄せてシャッターを押している姿は平和の息吹を感じる。

海岸にたたずむひとりの青年、孝男はあたかも哲学者ぶっているようだ。何かを考えているよう思索にふけっている。人生を海に喩えれば、無数の波にぶち当たりながら、分け入っていこうとする行為に似ているのだろうか。それぞれの波は同じようでもあり、皆違う。できたと思うやすぐさま消える。絶えることなく、小波、中波といろいろな波が襲ってくる。恐ろしい勢いだ。そこには、人々が結集し全勢力で立ち向かっても抗しきれない無限の波がある。エネルギーがある。

遊覧船が目にはいった。波間に小さく揺られている。湾の一周約一時間、五百円とある。出港時間が迫っている。海とカモメへの好奇心にそそられ、乗った。そういえば、この前船に乗ったのはいつのことだったたか、子どものころだったたかもしれない。

冬の海は寒く風が強い。平日であったためか客は少ない。係留所から離れるや鳥が寄ってきた。迎えてくれているのか、自分たちの領域に進入してきた物体を警戒しに来たのか、鳥たちは群れとなって船の周りにやってくる。カモメだろうか、餌を手に持って差し出すと、一直線にめがけてやってくる。あまりにもその狙いが正確なので、びっくりした。餌をひったくるとすぐさま去っていく。マストに止まっているカモメは、いつでも飛び立てるように万全の態勢であたりを見まわしている。

彼ら、彼女たちは仲間なのか、見事な集団行動をとっている。その飛翔は統率がとれている。誰かリーダーがいるのだろうか。

孝男はじっと肘をついて鳥たちの行動を見ているうち、〝鳥社会〟のようなものを感じた。リーダーらしきものを発見した。何処かへ飛び立ったり、海に浸かったり、マストに止まったりする先導を切っているのがリーダーのようだ。いろいろな鳥をじっと観察しているうち、空想はどんどん広がってきた。

カモメの寿命はだいたい二十数年とか誰かに聞いたことがある。大きな鳥たちは今まで何度生まれ故郷であるシベリアと日本を往復してきたことだろう、なかには大海原へ没し、力尽きて二度と浮かび上がることのできなくなったカモメもいることだろう。

カモメにも望郷の念はあるのだろうか。そんなことを考えていると、なぜかいとしさが芽生えてきた。じっと引き寄せられていくカモメの生活が心配になってきた。と同時に自分の生活になぞらえてみたりもした。

カモメたちには生活の場、行動の場として、大海原がある。休憩するための泊り場もある。安らかな場所がある。だが、自分はつい先日まで鉄の檻の中に閉じ込められていた。檻から出て自由に歩きまわることのできない悲惨な生活を過ごしてきた。それに比べれば、このカモメたちのなんと自由なことよ、仲間たちとピチピチ会話することもできる。拘束されない生活のありがたさ。

大海原の中で乱舞するカモメの集団を見ていると、孝男は未知なる世界がどこからか出てきそうにさえ思った。何物にも拘束されないカモメたち、シベリアと日本の間で繰り広げられる集団の力、家族の力、荒くれる厳しい自然との闘い、それらを耐え抜いての飛来。大空を飛翔する力、遠距離を飛んでいく方法など厳しく訓練されたに違いない。

ある瞬間、どこから飛んできたのか、想像できないほどの集団が見事な文様を描いて大空をわが物のように占領した。その形は、今まで見なかったような芸術的デザインにみえた。孝男はあっけにとられたように見惚れた。

昔、作家の誰かが、「雲は天才だ」と言ったことを思い出した。今、このカモメの姿に接して、〝天才〟と言わずにどう表現したらいいだろう。ある親カモメが子カモメへ空中給餌をしていた。見事なものだ。人間以上に〝絆〟は見事だ。

あるカモメに目がいった。中くらいのまだ親にはなっていないと思われるカモメ。大海原を渡る長旅に疲れたのか、幾度となく他のカモメに助けを求めている。が、そのサインは伝わっていないようだ。体力の限界が見てとれる。大きいカモメは救助の手を差し出そうとはしない。自分たちも苦しいなか、ようやく安住の地へたどり着いたのだ。ここは自力で何とか生きて耐えねばならない。飛び立てるように。体が弱っていても、そこで力尽きれば、やがては波間に漂って流され、それを目がけてやってくる大鷲の餌となる。海上で弱ったカモメは力尽き、生き延びることはできない。

すると、異変があった。海面すれすれまで小さな魚の群れが上がってきた。真っ黒になっている。それを目がけて群れをなしたカモメが一目散に急降下してきた。食べものにありつきたい一心のために、カモメ同士ぶつかり合っている。親カモメは子カモメの分も取りたかったのだろう。弱いカモメはこの勢いで弾き飛ばされそうになっている。事実、何羽かは衝撃によって海へ落された。飛び続けることはできない。食をめぐる争いは生き物の必然であることを如実に示している。またたく間に小さな魚たちは見えなくなった。海は平和になった。波も穏やかになった。何事もなかったようだ。再び元の姿に戻った。

孝男は考えた。〝カモメの自由〟って何だろう。そもそもカモメに〝自由〟とかいう概念はないだろうに。一見、どこへでも飛んでいけるカモメ、自由な存在であるカモメは、何の束縛も持たない自由の権化のように思えてきた。

孝男は人間としてこの世に生を受け、カモメはカモメとしてこの世に生を受け毎日飛び続けている。そこには大きな、人間社会には見えないカモメの世界、小宇宙があり、そこから抜け出すことはできない。自分は生まれた時から人間であり、ある夫婦のもとに生まれ、「孝男」と名付けられ育てられた。いっぽう、カモメはカモメとして生まれ、一生かかって長旅を続けることが運命づけられている。

カモメはあるときつぶやいた。

「わたしたちには大空を自由に飛び回っているように見えて、実はカモメ社会から抜け出せないのよ。他の世界を覗き見ることはできなくて。もしあるカモメが私たちの社会から抜けだそうとすると、生命の危険をともなうことなの。大海原で棲んでいるとき、互いに援けあい、大空を渡っていくときは〝カモメ一族〟として他からの危険に身構えて敵を追い払ったりするの……」

孝男はすっかりカモメに魅入られてしまった。来年にはこのうちどのくらいが再来するのか想像もできないが、ぜひとも多くのカモメたちと再会を果たしたいものだ。

そして広大な大海原にも魅せられた。ここは、心を安らかにするのにうってつけだ。日々の仕事場からえられない心の栄養をもらったようだ。海にはどこまでも広がる大きな空間がある。絶え間なくやってくる波、音がある。そこには無限のエネルギーが秘められている。

浜辺からくるりと振り返ると、そこには日本の原風景ともいえる景色がある。何十年前に建てられた古い民家、その前には田圃が広がり、春、夏、秋、冬とそれぞれの景色がつくられる。夕方までここで遊ぶのだろうか、都会では感じられない情景の中で子どもたちは育まれている。

大海原の朝、一日の平安を願って太陽はあらゆる光を集めて精気を放射し、夕にはすべての感謝の念を込めて光を放散する。

こんなことを想っていると、いつしか詩人の気持ちになった。いや、幻視体験かもしれない。

6

帰途、孝男の目は車窓にくぎ付けとなっている。次からつぎへと変わる景色。畑地、荒涼地、人家、川、子どもの遊び、家の前で会話する大人たち。どこにでもある日常の姿が、そこにはある。駅に着くと何人かが吐き出され、と同時に入れ替わるように何人かが吸い込まれて発車する。夕日が西の彼方へ沈んでいく、西方浄土へと。朝日を迎えてから夕陽を見送るまでの人間の営為すべてを包み込み、明日へと引き継いでいく。限りなく蓄積された人間の営み、どこまで続くのか、だれも予言できない明日へ向かって……。

明日にはなにがあるのだろう。明日への期待と不安。昨日から今日へ、昨日には翌日のことを明日と思っていたのに、今日となってしまう。何も考えずにいるが、昨日・今日・明日のサイクルの中で生活している。何気なく使っている今日という言葉、そこには永遠のサイクルが秘められている。これからも無限に続くことだろう。時間とは不思議なものだ。

ある駅で行き違い列車のため、数分間の停車があった。窓からは川の土手が憩いの場として提供されているのがよくわかる。幼児を連れた母親たちのつどい、談笑、そこには小さな平和がある。少し離れたところでは五、六人の若者がキャッチボールやバドミントンに興じている。時に笑いに包まれている様子が伝わってくる。グループがあればそこにはリーダーが生まれる。

そのとき、ある情景が稲妻のようによみがえってきた。あのとき、傷害致死の発端となった青年たちの行為、ある老人とのいさかい、止めに入ろうとしたことから生じたリーダーとの衝突。あの鮮烈な場面が頭の中でぐるぐるまわる。

決して望まなかった二人のケンカ。強制力を持って行われる現行犯逮捕、過酷な取調べ、裁判、刑務所での二年余り……次からつぎへと回想されてくる。その青年は頭から血を流しながら、瞬く間に死んでいった。死ぬまでの一瞬、何を考えただろうか、知る由もない。あまりにも急な事態の進展に、家族はどう思ったか、悲痛な思いで現実を受け入れざるを得なかっただろう。親御さんと会うことはできなかった。

自分は、いま、こうして生きている。日常生活を送ることができている。だが彼は短い寿命を終えねばならなかった。いくつだったか、知らない。裁判のとき被害者のことは明らかにされたのだろうが、じっと聞くこと、法廷での状況を受け入れることもできなかった。淡々と進められる審理に身を任せるしかなかった。いま、こうして冷静にものを見られる、考えられる状態になって、彼、被害者のことを見つめてみたい心情に駆られてきた。

親御さんに会ってみよう。お父さんかお母さんに会えるにはどうすればいいか、知恵を振り絞っている。

彼の家を探すにも、住所も何も手掛かりになるものはない——しばらくして閃いたのは、津田千里の存在だった。彼女が勤めている法律事務所の所長は、かつてこの事案で弁護を担当した弁護士。何かわかるかもしれない、当たってみよう。

一週間後、千里に会ってことの次第を話し、あの青年のお父さんかお母さんに会いたい、そしてお詫びの言葉をかけたい旨を吐露した。千里はうつむいてじっと考えている。どれだけ経っただろうか、やっと口を開いた。

「わかったわ。お気持ちはわかります。今言われたこと、宮城先生に話してみます。どう言われるかわかりませんが、しばらく待ってください」

出所者が被害者の家族に会うのは、きっと簡単なことではないと容易に察せられる。複雑な被害者感情を乗り越えねばならない。間違いがあれば第二の事件にもなりかねない。それを承知で弁護士が仲立ちをすることだ。孝男には「気をはやらせないで」と念を押した。

それから数日後、津田千里は他の事務員が帰ったのを見計らって宮城弁護士に孝男の想いを伝えた。宮城はじっと聴き入った。あの法廷の場面を思い返しながら、腕組みをしたり、何かを考えるような仕草をしたりしている。「うん、考えてみる」。

翌日からは裁判記録を取り出して読み返し、ところどころに付箋を貼っているのを津田は見ている。「あぁ、私の言ったこと、忘れずにきちんとしていただいている」。寸暇を惜しんで、とはこのことだ。次からつぎへと事務所を訪れてくる依頼者、打ち合わせが終わるたびに指示がなされる。先生が忙しければそれだけ事務員も忙しい。資料を作り、整理し、先生に渡し、チェックを受ける。あるいは資料を裁判所などへ届けたり……。その中での裁判記録の読み返し、遅くまで読んでいた日もあったらしい。

宮城は津田には言っていなかったが、孝男の働いている豆腐屋の前を行き来し、彼の仕事ぶりをちらっとでも覗いていた。忙しく振る舞っていたので、声をかけることはしなかったが。

それから何日経っただろう、津田は宮城に帰り際、ぽつりと言われた。

「いちど、私が会ってみようかと思っている。元被害者のお宅を訪れてみるよ。それからだ。先方がどういう家で、どんな考えを持った人なのかも、今はわからないしね」

「ありがとうございます。先生、お忙しいのに……」

「いや、彼、孝男君に興味もあるしね」
二、三週間ほど経ったある月曜日の朝、津田は宮城の執務部屋に呼ばれた。
「昨日、彼、亡くなった堀木茂男君の家を訪ねてきたよ。お母さんひとりいて、はじめは私の訪問にびっくりしたようだったが、持って行ったお菓子をつまみながら茶を飲んでいると打ち解けてくれて、ついには、その人が会いたいと言われるのなら会いましょう、と言ってくれたんだよ。お母さんはパートでほとんど毎日出かけているので、二人の日程、いや、私も立ち会うことになったので、三人の予定を調整しなけりゃならんがなんとか実現させたい。孝男君にも伝えたいので、近いうち、こちらへ来てもらえないだろうか。こういうことはめったにないことなので、慎重にしたいんだ」

津田はほっとした。これで孝男のわだかまりが吹っ切れて新しい一歩への踏み出しになると思った。

孝男は早速に宮城弁護士を訪ねた。宮城は堀木宅を訪れた時の内容をかいつまんで話し、「先方は会ってもいいと言ってくださっている。どうかね」

「はい、これまでのご尽力、ありがとうございます。お会いし、大事な息子さんをあのように死なせてしまったこと、お詫びしたいと思います」

「そうか、それじゃ都合を聞いてみよう。あ、服装はきちんとしたものに。はじめにご霊前にお参りするのだから」

「わかりました」

幸いなことに、日程の打ち合わせは仕事の休みに合わせてもらうことができた。気持ちを落ち着かせていこう。宮城は会う前、孝男に対し母親の予備知識を注入することはしなかった。新鮮な気持ちで会わせたかった。

とうとうその日がやってきた。母親は落ち着かない。

……うちの息子、茂男を死に至らしめた青年って、どんな人物だろう、きっといかつくって、見るからに悪者なのではないか。だって、茂男と取っ組み合いになっても負けずに近くにあったレンガ目がけて頭をたたきつけ、死なせたんですから……。それから刑務所に二年余り入って、そこで何をしていたか知らないが、荒くれ男ばかりと生活していたとなると、きっとガサツな人間に違いない。もしかしたら〝お礼参り〟に似たことを考えているのではないだろうか。いや、弁護士さんがついてくるというからそんなことはない……。

想像はあちこちにゆれ、いろんな方面に向けられた。行きつくところは、どうしても〝ムショ帰り〟との印象がぬぐい切れない。心臓は高鳴り動悸が激しくなってきた。どうしよう……。

約束の時間に合わせるように、チャイムが鳴った。

「……はい」

「弁護士の宮城と佐々木孝男と申します」

玄関を開け、青年を一瞥した。上から下まで素早く見た。この青年がうちの息子を……。普通の青年で乱暴しそうな様子は感じられない。こわばった顔面はみるみる普段の表情に戻った。弁護士さんと一緒なので、間違ったことは起こるまいとの安心感が働いた。

「さあさ、お入りになって……」

部屋に通され、着席をうながされた。

孝男は正座して挨拶をした。

「はじめまして、佐々木孝男と申します。なんと申していいかわかりませんが……二年半余り前になりますが、川の土手でのいさかいであのようなことになりまして、その結果、大事な息子さんの命を落としてしまいました。申し訳ございません」

頭を下げそこまで言うと、大粒の涙を流し、むせび泣くのが精いっぱいだった。

「それから、裁判、有罪判決、二年半の懲役刑を宣告され、刑務所で罪を償い、ひと月ほど前に出所してきました。本来ですと、出てきてすぐにご挨拶に伺うのが筋ですが、心の整理といいますか、きちっとした生活を取り戻すことが先決と、いろいろ迷っておりました。いま、こうして息子さんの霊に対峙できるようになりました」

母親は時に涙をながしながら、じっと聞いている。

宮城はまずもって誠意ある挨拶ができたことに、ほっとした。

「仏さんにお線香を手向けたいのですが、よろしいでしょうか?」

「はい、お願いします。あの子も安心するでしょうから」

この青年、ごく普通の青年じゃないか、どうしてあのようなことに……。母親は静かに観察しながら、孝男の所作に目を注いでいる。法廷で「被告」として見た孝男に対しては、事件からそう時間の経っていないこともあり、ひたすら憎しみの感情が支配していた。この青年がわたしの大事な息子を一撃したのか!

だが今は、時間の経過によるのか、刑務所で罪の償いをしたからだろうか、どこにでもいる一青年と思うだけだ。気を遣うように声をかけた。

「今はどうしてなさるんですか?」

孝男はか細い声で返した。

「はい、以前勤めておりました豆腐店で、そこの店主のご厚意もありまして、もう一度雇っていただき、仕事に励んでおります。普通に仕事をし、普通に生活できること、うれしいです」

と言った瞬間、しまった、まずいことを言っただろうかと、思わず口をふさいだ。

「すみません、息子さんのことも考えず、自分の勝手なことを言いまして……」

この青年、そこまで心づかいができるのかとびっくりした。茂男が反対の立場だったらどうしただろう。

「お豆腐屋さんですか、朝は早いんでしょ」

「ええ、五時ころにはもう仕事場に入っております。特に冬は厳しいです。まだ暗いうちにほとんどのことをします。仕事中はほとんど立ちっぱなしです」

「そうですか、私たちがおいしくいただいている豆腐にもいろいろとご苦労がおありのようで」

「大きな工場でつくられるものと違い、町中の家族的なところですから、お客さんの顔を思い浮かべながら作り、良いお声がかかると励みにもなっています」

話しながら、店主が協力雇用主ということは黙っておこうと思った。それによって無駄な風評がたつのを恐れて。

宮城はいくぶん拍子抜けの感じだった。殺人の加害者と被害者遺族、かくも穏やかに、ある面では加害者に対して思いやる感情もみられる。こういうのはめったに見られることではない。弁護士としての経験からも不思議だった。この女性にとって、息子の存在、二年半という時間的経過は何だったのか……。

「弁護士さん、宮城先生とおっしゃいましたね、弁護士さんというお仕事もなかなか複雑で、難しいのでしょうね」

「ええ、そりゃもう、いろいろ多岐にわたっております。人間社会でいさかいや衝突のある限り、暇にはなりませんね」

「うちの茂男のときはどうでした？　難しかったですか」

「いえ、こう言っては失礼ですが、単純な事件でした。土手でのケンカ、傷害致死、加害者は事実を率直に認めていて、証人の証言もきちんとしたものでした。他の事件ですと、もっと人間のドロドロした感情がむき出しになったり、嘘がはびこっているもの、何が事実で何が真実かを見極めねばならない複雑なものが多いです。なかには虚構、嘘ですね。これが見抜けなかったばかりに間違った判決がなされ、裁判後に真犯人が名のり出たり、そうなれば裁判の権威失墜です」

「難しいんですね、どの仕事も楽なものなんて、ありませんもの」

初めて会った三人、それからは世間話に時が経った。宮城はふと時計を見た。次の予定が迫っている。

「私はこれから打ち合わせがありまして、行かなければなりません。佐々木君はまだお話があるようだったら、少しばかりお邪魔しても……。本日はありがとうございました」

孝男は立って宮城を見送った時、テーブルに薄い文庫本、『歎異抄』があるのに目が留まった。

「佐々木君、今日のこと、うちの津田君には君から伝えておいてくれないか」

「はい、わかりました」

宮城はそう言い残して慌てて出て行った。

出所した日に家で仏壇に向かい、そこにあったのがこの本、『歎異抄』だった。奇異に思った。この本の内容などまだわからないが、父の感じていることと堀木さんの関心に、どこか通じるものがあるのか。いったいそれは何だろう。孝男は急にこの本に興味を持ち、尋ねた。

「この本、うちにもあります。父が読んでいるらしいんです。ある時、聞いたんです。この本に興味あるのって。そしたら、いや、この本のことがわかって買ったんじゃない、ふらっと本屋へ行ったら、親鸞さんのことだとか……、頁を繰ると、善人とか悪人とか、気を引く言葉があったと」

「そうなんです、あなたのお父さんが答えられたように、わたし、何もわかりません。何もわからなくて放ってあるんです。気が向いたときに、ちらちら頁をめくっているようなものです。それでも目に留まった文章、『善人なをもて往生をとぐ　いはんや悪人をや』、この本のもっとも有名な一節だそうですが、何度読んでも私なんかの凡人にはわかりません。善人や悪人といっても、どういう人が善人で、どういう人が悪人か、ここには書いてないでしょ。自分で考えよ、ということかしら。わたしにはそんな知識も何もありません」

孝男は、被害者家族と加害者の自分とがこんなに近づいて話ができるとは思ってもみなかった。もう少し時間が許せば、亡くなった堀木茂男について、どんな人物であったか知りたかった。だが、話題がそこへは行かなかった。それは母親が意識的にそうしたのか、ただそちらへ向かなかっただけなのか、わからない。会って初めてのこの方に突っ込んで問うことはよくないと思った。まもなく辞去した。

ちょうどその日の晩、津田千里と二人で会うことになっていた。堀木家でのこと、うまく伝えられるか、食事しながら孝男はできるだけその場の情景も加味しながら伝えた。

「そうだったの。良い雰囲気だったようでよかったわね」

「うん、僕も行く前はどうなるか、びくびくだったよ。なんといっても息子を亡くした母親と加害者だから。普通の精神状態じゃ、対立的になると思っていた。前もって話してくださった宮城先生のおかげかもしれない。多分そうだろう。感謝しなけりゃ。なんといってお礼を言えば良いのか」

千里は裁判中の宮城弁護士を側で見てきて、孝男に対する見方や心境面での変化をふと感じることもあった。それは自分にも言える。川の土手での事件を知った時のショック、相手が死に、現行犯逮捕された時の衝撃、動悸はしばらく続いた。裁判を傍聴し、論告求刑、そして有罪判決の言い渡し。その都度、単に緊張感が高まっただけではなかった。そんなことはありえないのだが、自分も同じく刑務所へ行くのではないかと、身につまされるものがあった。間違いなく、今まで生きてきた中で最大の事件だった。

その夜、津田は床の中で孝男から聞いた三人の会合の話をひと言ずつ思い返した。孝男がひとりの人間として、これから新しい道を歩みなおそうとしていることを確かに感じた。

孝男は豆腐店の仕事に満足している。いや、今や豆腐作りに生きがいさえ感じている。おいしい豆腐を地域の皆さんに食べていただくのが最上の喜びだ。

ある日、帰り際に豆腐を従業員価格で買って堀木家へ伺った。喜んでくれた。料理好きのようである。

「お豆腐はいろんなお料理に使えますものね。汁物、和え物、いろいろな料理を作ろうと、今は自分のためだけになってしまったのですが、気分転換もかねて精出してつくっています。そうそう、最近ね、大豆でハンバーグを作ることを覚えて、わたしにとっては新境地ですわ」

「ほんとに、豆腐の使い道は広いですね。第一、健康にいいですから」

何気ない話に終始してすっかり打ち解けて話せるようになった。孝男にしても今は、亡き母のような感情を時としていだくようになった。しかし、話していて引っかかるものもある。息子のことをほとんど話題にしない、亡くなったご主人についてもだ。何があるのだろう。


堀木家へ行くようになって半年余りたったころだろうか、その日は少し神妙な様子で話しかけられた。

「佐々木さん、今日はね、少し聞いていただきたいことがあるの、よろしいでしょうか……」

「ええ、いいですが」

打ち明け事でもあるのだろうか。身構えてしまった。背筋を伸ばして聴くことにした。

「といいますのも、亡くなった茂男のことですの」

ついにこの時がやってきた。少し間を置いた。

「……あの子、わたしのお腹を痛めた子ではありませんの」

思ってもみない話だった。

「私と主人は結婚して平穏な生活を送っておりました。二人とも子どもが欲しいと願っていたのです。子どもとの楽しい生活を夢見ておりました。でも、何年経っても、子どもの兆候はなく、日ばかりがどんどんと過ぎていくのでした。主人も私もそこそこの歳に差し掛かり、主人は子どもをあきらめたのか、趣味に没頭するようになりました。休日はほとんど家におらず、外に出ると飲んで帰り、夫婦の会話もいつしかなくなってしまいました。私も子どものことはもうだめと思うようになったのです。

そんな時、ある親戚から『養子をとらないか』ともちかけられ、びっくりしました。その子の両親は自動車事故で二人同時に亡くなり、残された一歳にも満たない子どもはどこで、だれが面倒を見るか、親族間で緊急の問題となったのです。話を持ち込んだ人は、自分たちには体力的にも子育ては無理なので、まだ若そうに見える私たちにと思い、養子として育ててもらえないだろうか、とのお話でした。私たちは悩みました。なんといっても、実の子ではない、自分のお腹を痛めていない子に、心から愛情を注げるだろうか、何かあった時、とことん最後まで守ってやれるだろうか……あなたもそのような場に遭遇すればきっと思い悩むことでしょう。

当時、安らぎであるべき家庭が、ときには殺伐とした空気が漂い、とても平安に暮らせる毎日ではありませんでした。その二、三年前くらいから、夫は時どき朝帰りするようにもなってきました。そのようななかで、いろいろ話し合い、結局その乳児を引き取り、茂男と名付けて育てる決意をしました。すると幸いにもその日から主人は人が変わったようになり、茂男を可愛がり、いつしかこの子を立派な男子に育てるのだ、と言ってくれるようになりました。

やがて茂男は小学校へ入学し、三人そろっている写真をみると、本当の親子と思えました。茂男には私たち夫婦の子どもと信じ込ませ、少しの疑いも抱かせることのないように育てました。七五三に連れていったときは満面の笑みで千歳飴を楽しみにしていた姿が瞼から離れません。小学校の修学旅行、帰って思い出話に花を咲かせておりました。中学生になっても素直な子で、このまま大きくなるのを楽しみにしておりました。卒業文集では将来、数学の先生になりたいと夢を書いておりました。高校生のとき、好きな女の子ができて、デートしているところへ偶然にも夫婦で鉢合わせとなり……。息子は照れ隠しにぼそぼそ言い訳のような芝居をしたり、ある面、いじらしく可愛かったです。

青春時代に差し掛かったのでしょうか、ある時です、夏休みに外国へ行きたいと言い出しました。旅券申請に戸籍抄本が必要だといって取り寄せました。それからが大変だったのです。ひと目見て、『僕の両親じゃない』『俺は養子だったんだ。もらわれっ子だったんだ』と気づいたのです。帰るなり私に食って掛かりました。『どうして今まで黙っていたんだ、どうして騙したんだ?』喚き散らしたのです。そこへ主人が帰宅し、主人にも辛く当たりました。二人して一生懸命説明しました。ありのままを、誠意を込めて。だってそうでしょ、私たち夫婦は自分の子どもとして育ててきたのですから。他人様がみても養子とは誰もわからないように、絶対に気づかれないようにしてきたものです。茂男には何一つ不自由させないように、欲しいものは何でも与えてきました。ときには私たち以上の贅沢もさせました。よい服も着せました。でも、茂男にしてみれば『裏切られた』の想いが強く、本当の父・母を探してくれと何度も泣き叫びました。交通事故で同時に亡くなったと、しまっていた両親の写真と事故を報じた新聞のコピーをいくら見せても納得しません。

その頃からです。街の少年グループに入り、帰り際の高校生を集団で襲い、お金を強奪するようになったのは。警察から連絡が来たときはびっくりしました。体が他の子より大きかったからなのか、リーダーになったのです。それからは日々心配の毎日でした。一時は私たちの育て方がよくなかったのではないかと児童相談所へ行ったりもしました。そこでの相談内容は固く守るからといろいろ聞いてくれました。でも息子を呼んで対応すると却ってよくないことになるかもとの配慮でそれ以上深くは入ってくれず、また何かあれば、で終わっておりました。そのときは、他人の子をあたかも自分たちの子どもとして育てることのむずかしさ、どこかに心のズレが生じていたのでしょう。息子の行動はエスカレートし、もはや親の力ではどうしようもないようになっていたのです。あらためて〝血〟の意味を実感しました。〝血のつながり〟と言われる所以です。

そのとき、追い打ちをかけるように、思いもよらぬことが訪れてきました。夫が外である女性に子どもを産ませていたのです。私にできなかったことが、他人の女性とできていたのです。そうです、主人は不倫をしていたのです。その衝撃は頭をハンマーで殴られたようで、しばらくは何が何やら頭が真っ白になり、気を失って動けなくなったほどです。さらに事件は続きました。後日、その不倫相手の夫が押し掛け、主人と口論となり、持ってきたナイフで切り付け、重傷、三日後にはあっけなくあの世へ逝ったのです。

息子と二人になった我が家は荒れ果て、かつての平穏な日々は一変し、不安な日が続いておりました。そのような中であの事件が起こったのです。平穏な家庭はかくも無残に壊れていき、もはや失うべきものは何もなくなりました。人生って、はかないものですね。良きことは苦労して積み上げていかねばならないのに、悪しきことは一瞬にして襲ってくる。これ、人間の常道ですもの。我ながら実感しました」

孝男は自分の人生の倍くらいを生きている人から、このような過去があることを聴かされ、なんとも言い難い感慨がいっきょにからだ中を駆け巡った。

このとき思い出した。何年前になるか、豆腐店の藤井店主から若い時に幼児を亡くしたこと、その経験から協力雇用主となって執行猶予中の僕を雇ってくれるようになった心のうち、心の動きについて聞かされたこと。

親父さんから過去の辛酸を打ち明けられた時のことは忘れない。

いつもは帰るとき挨拶をすると、「お、ご苦労さん、明日もな」と決まり文句を聞いて店を後にするのだが、その日に限って夕食に誘われた。何故だろうと思ったが、喜んで応じた。しばらくは雑談に興じていたが、親父さんは静かに話し始めた。孝男はこれはきちっと聴かねば、と耳をそばだてた。生まれは旧満州であること、引き上げ船で舞鶴へ帰り、そこから苦しい生活を迎えたこと。身寄りのない乳幼児を預かる徳議会というところに収容された。たった一人の身よりであった叔母は姿を消し、幼児期は悲しみのなかにあった。孤独と貧困の末、コソ泥によって警察に捕まり少年院へ送られたこともある。

びっくりしたことは、物心もついていない頃に音信不通になった叔母が、大人になった頃に訪ねてきたこと。親類づきあいのためでなく、単に金目当てで来たのが明らかとなった時の落胆は大きかったという。店主はその後結婚し、子どもができた。「一朗」と名付けられ、日に日に大きくなり、可愛さを増してきた。三歳になって行動範囲も広がり、道端で遊んでいた時、通り魔に刺され、あっけなく死んだ。一瞬にして奪われた愛息への悲しみは尽きない。犯人への憎しみは消えない。店主は事件後、包丁を持ち歩いていた。犯人を殺してやりたいとの思いは止まるところを知らなかった。それからの長い年月が、苦しみを乗り越えさせた。ある種の覚悟というものができた。そして協力雇用主になった。

かつて非行や前科のあるものを家で雇う——。

「家内も含めて言葉では言えない葛藤があったんだよ」

親父さんの話に、孝男はどう応えていいかわからなかった。

7

孝男がかつての豆腐店で仕事ができるようになって半年、今や以前の勘所をしっかり取り戻し、一人前の職人になってきた。外の空気を吸うことがこんなに大切なことか、人間として生きる喜びを味わっている。塀の中では何も自主的なことはできない。すべてが命令と厳格な時間管理で動いていた。

今や心の余裕は仕事面にも現れている。ときには新しい商品へのアイデアを出し、店主や酒井を喜ばせたりもした。きっかけは、テレビで鍋を囲んで一家団欒しながら料理をつついている場面を見たときであった。またあるときは子どもたちが積み木のようなもので遊んでいる情景から思い浮かべたことなどだった。豆腐と積木、何のつながりもないが、形は似ている。さらには人ごみの中を歩いていてふと店の装飾に気を取られてハッとして思いつくこともあった。

あるとき〝ワサビ入りの豆腐〟を作った。ワサビ少なめと少し多めのものを。これが人気を博した。特に夏の時季に涼を呼ぶように思われたのかもしれない。それに酒井が命名した。「濃い（恋）豆腐」、「淡い豆腐」と。名前が女性客たちの心をとらえたのか、よく売れた。

高明の健康状態も小康を保っており、三か月ごとの健診で状態をチェックしている。目の前の心配事はなく、家庭内の平和は保たれている。調子のよい時には二人して晩酌をしてにこやかに語り合い、小市民的喜びを感じている。

津田千里とは再会以降、だんだんと心の距離が狭まってくるのを実感している。かつては千里の親によって引き裂かれた関係だったが、今や二人はそれを乗り越えつつある。だがふとしたときに、会話が途切れることがある。孝男はうなずくだけで、何かを言っても空返事、会話のかみ合わない時もある。何があったのかしらと思うが、心の内面まで観ることはできない。これからもこのようなことはあるのだろうか。もしかして刑務所に入っていた時のことを思い返しているのかもしれない。視線は他に向き、ふたりの間には小さな風がそよぐ。千里はそれを何とかして取り去ろうと思っているのだが、なお時間が必要のようだ。

最近千里の友人まわりでは、空気が変わっていることに気がついている。それまで仲良く付き合っていた友人は、一人、二人と結婚して仲間内の交流は疎遠になり、やがて出産、育児の忙しい時間に入っていく。たまに会っても話題はかみ合わなくなっている。そういった友人たちと千里の間には、よそよそしい空気が垣間見られる。

心から信頼して相談できるはずの親は千里から縁を切ったようになっており、今さら相談などできない。父は失職し、それ以来腑抜けといってもいいくらいで、物事に対する判断能力も欠落している。ひとり娘への溺愛がこの始末だ。

青春時代から次のステージへと移っていく年齢になって、ふりかえるに千里の青春時代を象徴するのは、佐々木孝男との出会い、仕事面では衣料品販売から法律事務所への転職、交際相手であった孝男の前科をめぐる親子の相克であった。上から目線で迫ってこようとする父母、それに対し、気持ちを貫こうとする娘、それらからくる人間関係、とりわけ家族そのものの結びつきがこんなにも脆弱だとは予想外だった。

事の始まりは、孝男との淡い恋だった。母は娘の交際を知り、夫と相談してかぎつけた相手、孝男の身元調査に乗り出した。かつて傷害罪で懲役六月、執行猶予二年、すなわち有罪判決を言い渡されていたこと、職探しは協力雇用主に頼り、現在豆腐店で働いていることがわかった。まだ娘が知らない交際相手のこのような事実を突きつけ、無理矢理に別れさせようとした。千里は動揺した。孝男からはそれまでひと言も聞いていなかったことだったから。

千里は何日も考えたが、両親から離れることを決心した。経済的な心配もあったが、それ以上に親から独立したい心の方が勝った。自分のことは自分で決める、行きがかり上後に引けない空気だった。母親は涙を流しながら引き留めた。それ以来、親子の交流はない。

あれから三年が過ぎた。何とか生活している。いや、しなければならない。生活のため……。ひとり静寂の時を過ごす。同年代の女性と比べ、なんと次元の違った歩みをしているのだろう。これは他の男女が味わうような失恋ではない。この思いは、二人に背負わされた宿命のように深く突き刺さっている。たまには逡巡することもある。

ある日、同僚事務員からふと聞かれた。帰り支度をしているときだった。

「津田さん、彼氏いるんですか？　あるいはもう結婚を決めているとか」

何故聞くのだろうと思った。だが、聞き返しはしなかった。孝男のことが頭に浮かんだが、「そうね、そのうちね」とはぐらかすようにその場をしのいだ。

宮城弁護士は多忙な日常を過ごしている。裁判所との関係、依頼人との面談、書類作成など、帰りはいつも遅い。子どもと遊ぶ時間もない。そんななかで孝男から、不良青年グループのリーダー堀木茂男の出生からのことを聴き、ショックを受けた。裁判でこういったことはひと言も触れられなかった。もっぱら川原での状況にやり取りは終始した。茂男の母は検察官にも弁護士にも言わなかった。訊かれたことには答えたが、親子の過去には全く触れなかった。養子であったことはこの事件とは関係なく、余計なことと思ったのかもしれない。

千里がこれからのこと、人生のことなどを折に触れ考えているのと同じく、孝男にも考えていることがある。初めの無銭飲食と傷害罪、二回目の傷害致死で実刑の判決を受けた。今はこうして平凡な生活を送っている。これも協力雇用主である店主の努力、温かい配慮の結果である。店主と先輩に感謝しなければならないと思っている。

これからの長い人生、どのように過ごせばいいのだろう。川原で亡くなった青年の分まで生きるにはどうすればいいのか。いや、単に生きるだけでなく、何か社会に対して、この生かされている幸福に報いることはできないだろうか。といっても、派手なこと、高尚なこと、立派なことは何もできない。そして前から引っかかることがある。自分は大学を出ていない。学歴コンプレックスというものが時として芽生えることがある。何かの資格を取ろうとしても、大学卒の学歴を必要とするものが多い。これをしたい、と気が動いても学歴の壁はどうすることもできない。高校三年のころ、父は入院中で収入はなく、母の仕事のみで家計は支えられ、とても大学のことなど言えなかった。いまさら学歴のことを言ってもどうしようもない。何か他のことを考えようとアンテナを張り、受け入れる準備はできている。

しかしなんといっても、世にいう前科者の身であっても、今は真人間として社会生活を送っている。何か世の中の役に立つことがないだろうか。けっして金儲けや名誉（なろうと思ってもなれないが）などのためでなく、こんな自分だからこそ、過去の反省、償いを内に秘めてできないだろうか。刑務所入所者の気持ちもわかる。中でどんなことをしているかもわかる。しかし、特別な知識も、経験も、これといったものはない。豆腐づくり以外、何のとりえもない。そんな自分が何で世の中の役に立つことができるのか、考えてみろ、と言われると、返す言葉はない。それを思うと悶々としてしまう。でも、何かあるはずだ。こんな僕にも何かできることが……。それが今はわからない。

千里が宮城法律事務所に就職面接に訪れたのは、孝男の傷害致死事件の少し前だった。それまで勤めていた衣料品店を辞め、次の仕事を探していたところ、知人の紹介で応募してきたのであった。宮城は一見してどこかに〝影〟を見た。半面、明るい性格も見られた。入って研鑽を積ませれば仕事をこなしてくれるだろう、と採用した。目に狂いはなかった。まじめに仕事に向かい、指示したことはきちっとできている。

孝男との関係はどうなっているのか、一度は別れた、いや、別れさせられた間柄、サヤは元に収まったのか気になるところ。かつての担当弁護士として興味もある。ある日、千里の帰り際に声をかけた。

「あ、津田君、一度どうかね、佐々木君と三人で食事でもしないか。土曜か日曜の夕方……」

思いがけない誘いにびっくりした。でもこれには何かあるかもしれないと思い、受けることにした。

「はい、ありがとうございます。よろしいでしょうか」

「うん、佐々木君の都合を聞いてくれないか。私は今度の日曜か、来週であれば土曜日が空いている。予定はどんどん詰まってくるので、早く連絡を取ってくれないか」

「わかりました」

二日後、「佐々木さんは今度の日曜日がいいと言っています。時間や場所はお任せします」

「そうか、それじゃ十五日の日曜日、場所は二、三日のうちに言うから。時間は六時でどうだろう」

「わかりました。そのように伝えます」

いよいよ当日、孝男は遅れないように気を遣い、珍しくスーツ姿で来たのには宮城はびっくりした。

「いやー、こう見ると立派な青年だね。私はこんな服装ですまない」

孝男にしてみれば、裁判であれほど頑張ってもらった弁護士さん、との意識がある。終わってからも気にかけてくださることに感謝している。和やかに世間話から始まり、料理も半分以上は平らげられている。宮城はさすが若い二人だけのことがあると感心している。時間もだいぶ進んだころ、孝男が口火を切った。

「先生、僕、考えていることがあるんです。聞いていただけるでしょうか」

千里もまだ聞いていないことと思われる。いったい何を言おうとしているのか、意を決しているような表情である。

「なんでもいいよ、かまわずに言ってくれるか」

「僕、出所して多くの人の温かさに触れてきました。まず最初、刑務所の門を出て父と一緒に駅まで歩き、その近くの喫茶店でひと時を過ごしました。何かうまく表現できませんが、入ってすぐの印象が違ったのです、今までの喫茶店と。そこの店長が言うには自分もかつては刑務所の中にいた。今はこうして自由な身で喫茶店をやっている。ここに至るまでには何人かの温かい支援があった。君が入ってきたとき、ひと目見て、あ、いま出てきたな、何かテレパシーのようなものが発信されたのだと言ったのです」

間を置かず続けた。

「出た直後にこの人と会って本当に良かったと思います。自由に生きている姿、素晴らしく感じました。過去を引きずらず、今日、明日を、前を見て生きておられるように……」

「そうだったか、出所者はたくさんいても、そのような人は少ないよ。これからの君にとって、何か心の支えになりそうだな」

「それから今の職場、豆腐店の店主には、前に起こしたトラブルについて叱責するでもなく、温かく迎えてくれました。もっともそれには時間的経過もあったでしょう。わたしのムショ入りということと、罰を受け入れてきたということもあったかもしれませんが、店主の昔の経験からしますと、よくあの時の僕の無責任な行動に対し、赦しを与えてくださったと感謝しております」

千里は隣で聴いていて、初めて聞くこともあり、孝男がいろいろ考えているのには心に迫ってくるものを感じた。

「先生、今、僕は決して経済的に豊かではありませんが、最低限の生活はできております。父と二人、つつましやかに暮らしています。最近、思うんです。僕のような者、一度は刑務所に入っていた者でも何か社会のお役に立てることはないかと……」

宮城はびっくりした。酒の酔いはすっかり冷めた。

「いやー、孝男君がそこまで考えているとはびっくりだ。感心した。やる気になればあるよ」

それは何だろう、すぐに飛びつきたいような気持ちになった。

「世の中には諺があるだろう。〝捨てる神あれば拾う神あり〟と。一度は罪を犯したものでも立ち直れる機会を与えようという運動がある」

「先生、それはどんなことですか」

いつか聞いたことのあるBBSのことが頭に浮かんだが、すぐに言うことは避けた。というより、説明できるほど詳しくはないというのが正直なところだった。

宮城はやる気持ちを抑えにかかった。

「国の役所に法務省というのがあるのは知ってるよね。そこではいろいろと更生事業をやっている。また民間でも取り組まれている。その中には佐々木君に向いているものがあるかもしれない。調べてみるよ。一分一秒を争うものではない。自分に何ができるのか、慌てず、落ち着いて考えてみるのもいいだろう」

「お願いします。こんな私でも何かのお役に立てることがありましたら……」

「それが、佐々木君の仕事以外の生きがいにつながるかもしれないね。生活にハリがでるかも、しばらく待ってくれないか」

もうひとつ、宮城弁護士には知っておきたいことがあった。二人の出会いから親による別れ工作までの間、本当に何があって、どう行動したか。今、二人の関係を発展させること、それは「結婚」ということになるがどう考えているのか、二人の気持ちを確かめておきたかった。とりわけ千里の本心が気になる。孝男のこれからの人生で何が起こるかわからない。例えば何かの折に、「お前の旦那はムショ帰りだ」「前科者だ」と陰口を言われるかもしれない。そんな中傷に耐えられるか、「いいえ、今はもう更生しています。真人間として市民生活をおくっています」と腹をくくり相手の目を正面から見据えて言い返せるか。

かつて罪を犯した者も、罰を受け更生すれば同じ市民として扱われるべきであるとされるが、多くの人びとからは偏見の目で見られやすい。世の中、真っ当に生き抜いていくにはさまざまな障害がある。過去を背負って生きていくとは並大抵のことではない。それをこの二人は少なからず経験してきた。

ふと、最近読んだ本の紹介をしようと思った。それは死刑確定者や無期懲役者に対する「教誨」に携わっている人を扱った本である。

「世の中にはいろんな人がいる。少年非行に対してだけでなく、ずっと大人で死刑や無期懲役を宣告された人に対しても徳性の涵養というか、教育活動がなされている。生きている間だけでなく、死にゆく直前、まさに直前の教誨までを迫真的に描いている。一度読むといいと思うよ。『教誨師』（堀川恵子著、講談社文庫）。私たち弁護士にとっても、死刑の宣告を受けた人たちがどんな思いでいるか、どんな状況下にいるか、教誨師が教誨を通じて体得したことには、大いに考えさせられるんだ」

カバンの中から一冊の本を取り出した。

「印象に残った文章がある。

『……人生の決定的な瞬間に自分の内にある善と悪、柔と剛、どちらが、どのくらい、どう出るか、そして塀の中に落ちるか外に留まるかは、本当に僅かな運、不運の差だ。暴走を止めることが出きるのは、愛された記憶、そして愛する者の存在でしかない……』

『死を間近に控えた人間というのは全神経を集中して日々の出来事を観察している。男が放つ臭い、雰囲気から彼もまた自分と同じ立場にあることを瞬時に感じ取ったのだろう……』」

孝男と千里は静かに聴いている。

そして宮城は千里のこれからについて、この青年、佐々木孝男とだったら、堅実にやっていけるだろうと思えるようになった。ただ、豆腐店の店主が年配なため、いつまで続けられるか、いつ病気にならないとも限らない。そのとき、どこかへ就職といっても藤井店主と同じような人が見つかる保証はどこにもない。前科が邪魔をする。弁護士がかつての担当者に対し、そこまで考えるのか、との思いはある。しかし行きがかり上つい頭によぎるものがでてくる。

レストランの予約時間は二時間だった。すでにまわっている。店員がちらっと合図を送ってきた。アルコールの力を借りてもう少しリラックスした雰囲気の中で話そうと思っていたのが、堅苦しいものになってしまった。

「それじゃ、さっきの佐々木君に適していると思われる更生活動のこと、調べて連絡するよ。わたしも多忙のため、すぐに対応できないかもしれないが、決して忘れたりはしないから」

「よろしくお願いします」

三人の語らいの時間は楽しくもあり、有意義でもあった。とりわけ孝男にとっては仕事以外の生きがいを模索していたが、それがみつかるかもしれない、何かの希望につながるかもしれない。

「前科者」ではあっても、こんな自分にでもやれるものがあるかもしれない。今は宮城弁護士からの連絡を待つことにしよう。

8

孝男は宮城の話の余韻を抱きながら、また新しい気持ちで豆腐づくりにいそしんでいる。そんなとき酒井からかけられた言葉、「孝男、このごろ、ひとまわり大きくなってきたな」。胸にじんと響いた。夕方、家に帰ると珍しく父が本を読んでいる。めったにないことだ。

「お父さん、何を読んでいるの」

「あぁ、『歎異抄』といってな、親鸞さんの考えを著した本だよ。といってもお父さん、チンプンカンプンだけどな」

孝男が刑務所から帰った時、テーブルの上にポンとこの本が寂しそうに置かれていた。その後堀木茂男の家を訪問した時、何気なくテーブルの上をみた時にもこの本があった。偶然だろうが、何か二人に共通のものがあるように思えて不思議だ。この本に二人を引き付けるものがあるのだろうか。そういえば以前、父がぽつりと言っていたことがある。「読書会みたいなのに行っているんだ。この本、『歎異抄』の勉強会といえばかっこいいが、これを肴にしてだべる会といった方が良いかな。もっぱら自由気ままに語り合う会だよ」

その読書会というのは、場所はある小料理屋の二階で、二か月に一回ほど三々五々集まり、終われば散っていく。時折猫がうろつき、ときにはおしっこの跡がついたせんべい布団に座らされることもあって決してきれいな雰囲気ではないが、なんといっても場所代が要らないのでそこになっているとか。一階の切り盛りをしている女性は尼僧で、今でこそ髪の毛は長いが、僧侶になるための修業期間中は一部分を剃髪していたそうだ。この人が愛猫家なのだ。よくしゃべり、活発に動きまわる姿はまさに活動的だ。ごたごたしたスペースには原発をテーマにしたポスターなどが貼られ、棚には本や飾り物などがひしめき合うように並べられ、そのうえアップライトピアノも置かれている。時どきはこの尼僧が弾いている。読書会に来たある人は夕食を注文し、出てきたものはいかにもハンバーグだが実際は大豆でつくられている。

「よくできているでしょう。ミンチのように見えるのは大豆を挽いたもので、牛や豚や鳥など殺生するものは使っておりません。初めにこれを食べた人はたいてい騙されるわ。いえ、別に騙すつもりはないんですけれどね」

注文した人はびっくりした。

「なるほど、これじゃハンバーグと言われても信じてしまう。大豆だなんてびっくりだ」

その日、高明は店へはいると赤ワインのグラスを注文して二階へ上がった。車座になっている人から、ああでもない、こうでもないと自由な意見が飛び交い会は進んでいく。高明にはその日話題になっているテーマについて意見を言う素地がない。黙って聞いている。いつも聞き役に徹している。でも何回か出ていると常連とみなされ、つい指名されて困ったことがあった。「いやー、何もわからなくて」と言いつつ、五木寛之の本の中の該当部分を読み上げて切り抜けたりもした。それでもメンバーは大目に見てくれ、決して受け売りだとか責めたりはしない。

その会で何回か話題に上ったのは、三章（条）の有名なくだり「善人なをもて往生をとぐ、いはんや悪人をや」であった。高明は何回も反芻するようにつぶやいた。善人とはどういう人で、悪人とはどういう人か、わかっているようで、わからない。本当、何もわからない。とりわけ親鸞はどう思っているのか。よく誤解される部分らしい。

いつかの会合時、ある女性が少し遅れてやってきた。他の方とは顔なじみのようだが、高明とは初対面であった。しばらく談笑しているかと思いきや、その女性から思いがけないことが言われた。

「わたし、何が善で、何が悪かわからなくなる時があります。私の息子はあるとき、川原で見知らぬ青年とケンカになり、死んでしまいました。もう何年前になるかしら。今だからこそ、こうして言えるのかもしれませんが」

瞬く間に静寂の場になった。続けて女性が発言した。

「ある川原で息子は不良グループのリーダーとして威張っていたのです。そこへ車いすに乗った老人が来て、場所取りの様相を呈したようなんです。わたしはその現場を見ておらず、後になっていろいろと聞いたものですが。そこへ正義感に燃えた青年でしょうか、息子の行動を止めに入り、いざこざになりました。それまでは、グループのすることはすべて通り、邪魔されることはなかったものですから。息子を死なせた青年と老人は知り合いかどうかわかりません。車いすに乗った老人と私の息子と間を取り持とうとしたのか、でも、口論になり、場所を譲る、譲らない、のいざこざになったようなんです」

この女性、いったい何を言いたいのか、頭の中が混乱してきた。

「そして行き着く先は、その青年はそばにあったレンガで息子の頭を目がけて殴り、失血死させてしまったのです。たしかに息子は不良グループのリーダーではた目には良い印象を与えておりません。でもレンガで死なせたのは老人の側に立った見知らぬ青年でした。近くにいた大人の見方では不良グループには良い印象を持っておりません。だって周りの人たちに騒音をまき散らしたり、迷惑をかけていたんですもの。こういうとき、誰が善人で、誰が悪人なのでしょうか」

参加者はどう受け止めていいか、押し黙ったままである。さらに女性は続けた。

「車いすに乗っていた老人を助けた青年は善人なのでしょうか。困っていた老人をあたかも助けたということで善人のように見えます。でもその青年はレンガで息子の頭を目がけて殴りにかかり、息子は頭から血を出して死にました。人を殺すことは決して善人のすることではありません。でも老人を助けたということでは〝善いこと〟、息子を殺したことでは〝善くないこと〟と変わるのでしょうか。人間には常に〝善〟と〝悪〟とが同居しているのでしょうか。その青年は今は刑を終え、元の職場で働いているそうです。わたしの息子は永遠に帰ってきません」

高明の心は乱れた。だが抑えねばならない。まさか、その青年の父は私です、なんて言えたものではない。ここをどう切り抜けよう。誰も私の胸中を察することのできる人はいない。黙っておくしかない。

場の沈黙は続いた。誰も言葉を発しない。あまりにもリアルだからだろうか。

ようやく一人が口を開いた。

「人間なんて、誰が善人で、誰が悪人かなんて言いきれないのじゃないでしょうか。善と悪、価値規範は時代によっても、グループや個人によっても同一ではないし、なかなかむずかしい問題ですね。ただ言えることは、人は両方の側面を併せ持っているのではないでしょうか。ある時は善人面をし、またあるときは悪の芽と言いますか、善からぬものが噴き出してくる。まことに人間の心、内面とは計り知れない、割り切れないものですね。評論家的なことを言ってすみません」

書店に勤める初老男性が言った。

「いま、隣の方が言われたことだと思います。人間の移り行く心、それは生き抜くための方便であると考えると便宜すぎるでしょうか。堀木さんの息子さんもグループの中ではリーダーとしての〝善〟といっていいかどうか単純に言えませんが、メンバーのことを思って統率してこられた。しかし、車いすの老人を助けた青年とは折り合いがつかなかった。両者のケンカが、傷害致死との最悪の〝悪〟に到着してしまった。善と悪との交錯だったと言えばそれまでですが、当事者である堀木さんには霧の晴れないことだと思います。難しいですね」

大学で宗教学を教えている木田がコメントした。

「親鸞の言っている善人、悪人とは社会的に言われている何か良いことをした〝善人〟、一般的な社会規範に問われるよくないことをした〝悪人〟ではないと思います。ときどき引き合いに出される事例ですが、平和時に人を一人殺せば罪になって裁かれ罰を食らいますが、戦争のときに敵兵を五百人、千人殺すと〝英雄〟としてあがめられます。この乖離、どう理解すればいいのでしょう。単純に善とか悪とかという社会的規準で決めつけられないとは言えないことではないでしょうか。善と悪、社会的なモノサシでは決められないと思います。人を殺すという同じ行為が、その時の都合によって善にも悪にもなるのが、人間の判断だと思います」

堀木の心は少し落ち着いたようだ。

「やっかいなこと、個人的なことを持ち出しまして、どうもすみません」

場はこれで収まったかに見えるが、心の動揺が収まらないのは高明だ。真向いの席から発せられた、生涯忘れることのできない話に対する心情、これは他人に話して理解を得られるものではない。ここで何か言うのは避けよう。当事者同士の感情的な問題につながるかもしれない。心の落ち着きには時間が必要だ。この堀木さん、まさかもう一方の当事者の親がここにいるなんて想像すらできてないないだろうし……。

高明は帰り道、さえない表情だった。善と悪、善人と悪人、どう考えてもすっきりした答えは見つからない。

家へ帰った。この日は息子とも話したくない。酒を少しくらい、そのまま床にはいった。天井をずっと見続けている。ずっと寝られない。暗いなか目は開き、天井を見たままだ。明るくなり始めたころ、やっと睡魔が忍び寄ってきた。

第二章　新たな境地へ

1

宮城雅之は弁護士として日々の案件処理に神経をすり減らしている。特に難解な事件、受任者にとって有利、有力な材料、証拠資料などが見つからない時、法廷日が近づいても検察側への攻め手がはっきりしない時、途方にくれることもある。誰にも相談できない悩みが疎ましくもなる。もつれた糸をほぐすようにするがなかなかはかどらない。人間社会とはどうしてこうもいがみ合い、衝突が多いのだろう。互いに譲り合えばいいものを、理解し合えないのだろうか。

事務員たちが帰り一人になった時、静かに茶を淹れて心を落ち着かせる。そんなとき、決まって淹れるのは渋みと甘みのきいた濃い茶だ。自分用に茶は引き出しにしまっている。飲みながらあれこれと考える。窓から外を眺めながら、ああでもない、こうでもないと心を迷わせている。ふと良案が思いつくことがある。このちょっとした寸暇が心の安定をもたらしてくれる。いくら忙しくとも、ひと時の安らぎはこの上ない充実感をもたらす。それからまたひと仕事だ。

ある日、この日も遅く帰ると一通の往復はがきが来ていた。高校時代の学年同窓会の案内だ。何年ぶりだろう、この前開かれたのは確か五、六年前だった。会って楽しく語らった友人たちは今回も来てくれるだろうか。顔を合わせてすぐにわかるだろうか。参加者の人生模様はまた積み重なっているであろう。顔や頭にも人生の年輪が現れている。それにしても卒業してから三十年になるんだ。この三十年という節目に開こうと企画してくれた。世話人の方、ありがとう。この三十年は、単なる歳月の経過だけではなく、ある面で言えば人生で最も充実した期間ではなかったか。〝脂の乗りきった時期〟ともいえる。卒業した時、たしか二百人か二百五十人はいたはずだ、何人が参加するのか楽しみだ。卒業してから時々会っているものもいる半面、初めてというものもいる。会えばなんといえばいいのだろう、挨拶に困る。

山田史郎とは一緒に登山した時の思い出がある。なんという山だったたか、記憶は薄れてきたが、八合目付近まで登った時に急に雷と豪雨にさらされたことは一生忘れられない。生きている心地がしなかった。時間はとてつもなく長く感じられた。空が静かになるまで恐怖におののいた。ピカっと近くで光ったと思うや、すぐさま人々の悲鳴が聞こえた。もう人生は終わりかと思った。やがて空が晴れた時は、天国に蘇るとはこういうことかと実感した。帰ってから二、三度食事したこともあったが、いつ会ってもその時のことが話題の中心になった。それからというもの会う機会に恵まれなかった。同窓会に行って真っ先に会いたい一人だ。

翌日、迷うことなく「出席」に「〇」をしてポストへ投函した。何人くらい来るのだろう。ひと月先が待ち遠しい。あの顔、この顔、浮かび上がってくる顔はどれも高校卒業時の青春そのもの、活気に満ち溢れていた時のものだ。それも今はもうすぐ五十に手が届くという年齢になっている。女性の顔をどのくらい思い出せるのか、不安になってきた。初恋の相手、たしか大泉里子とかいった少女、いや可憐な乙女だった。明るく、知的なオーラをあの年ですでに発散していた。何人かの男子高校生がアタックし、会うには競争率は厳しかった。宮城は何回かデートしたが、大学受験で彼女は東京の大学へ行き、いつとはなしに遠距離恋愛は途絶えていった。淡い恋は実らなかった。里子は来てくれるのだろうか。もし結婚していたら、夫や子どもを置いてでも来てくれるだろうか。当日へ向けての期待であり、不安でもあった。久しぶりに会えばなんと声をかけよう。三十年ぶりの再会、互いに名前と顔がわかるだろうか。

いよいよ当日、宮城はある種の緊張感をもって受付へ向かった。名札が用意されている。名前には旧姓も併記されているから、注意すればわかる。

ホテルの中ホールを借り切っての会場は盛り上がっている。知っている顔を探し始めた。あちこちで「お久しぶり！」の声と握手したり抱き合ったり、旧友との再会を喜び合っている。

「おーい、歳取ったな」

「そういうお前こそ」

互いに自分の歳は気にしない。というより、いつまでも「自分は若い」と思い込んでいるらしい。歳月は平等に経過しているのに。

同窓会本番では参加くださった当時の担任の先生方、もうかなりお年を召されているが、ご挨拶をいただいた。みな神妙な面持ちで耳をそばだてている。二、三人の先生方はすでにお亡くなりになっているらしい。続いて各クラス代表が近況報告と銘打って演台に立ち、勝手に話し始めた。真面目くさったもの、終始笑いに持っていこうとするもの、話術も話題もまちまちで楽しかった。やがてメインのプログラムは無事に済み、お開きのあいさつ後はそれぞれ三々五々に集まり、二次会と相成った。宮城も当然ながら誘われたグループに入った。本番よりも二次会の方が実質的に本番と思われるくらいの盛り上がりようである。

十人ほどのグループでまだ名刺交換の済んでいないものは先を争うようにして名刺を差し出し、受け取るごとに相手の名刺を丹念に見つめている。相手の勤務先・仕事、誰でも知っていそうなところ、初めて見る会社名、まちまちだ。この歳になると、自然とそこでの役職・肩書に目がいく。よくないこととは思いながら、人を役職で判断しがちになる。名刺交換が終わった頃を見計らってもう一度乾杯した。

宮城はある人の名刺にくぎ付けになった。「統括保護観察官　諏訪 博」とある。ふと、前に聞いたことのある名前が蘇ってきた。そう、事務員の津田千里の父親もこの肩書だったように覚えている。娘の恋愛相手について職務権限を利用して調べ上げ、不適切なことをしてしまった。そのために処分を受け、職も失った。新聞に載ったことが致命傷だった。父親自身は大学で心理学を専攻し、大学院の修士課程を修了している。かなり優秀で、数人で更生保護に関する本を出す計画を進めていたが、例の一件で出すことはできなくなった。残念なことだ。

宮城は何人かに焦点を絞るようにして懇談した。まずは一緒に登山をし、恐怖のひと時を過ごした山田だ。

「あの時は怖かったなぁ、もう命はここでおしまいかと思ったよ。雷と強風、たたきつけるような雨、どれをとっても怖いものばかり。月並みな言葉だけど、自然の恐ろしさをあれほど強烈に体験したのは後にも先にもない。もう御免と言いたい。でも生きていると、質こそ違え、これと同じくらいの恐怖というか、心配事は避けられない。この歳になるには、そういう経験はかいくぐっているもの、世の中は棲みにくいね」

別のものが割って入ってきた。矛先は宮城に向けられた。

「よお、久しぶり、前回は欠席していたけれど、その前に来た時、たしか近いうちに弁護士事務所を開設したいとか言っていたよね。うまくいっていますか。繁盛しているというのはよくないのであって、それだけ人間社会の対立や歪みが一向に減らないことを物語っているのかもしれないな。間違っているかな。今のところ平穏に生活していますが、いつか、そのうち何かあればお願いしますよ」

「おっしゃること、そのとおりです。どうぞ、なんなりとご相談ください」

その彼は気が済んだのか、他のものに話しかけた。ようやく宮城が一番話したいと思っていた統括保護観察官の諏訪博と会話できる順番がまわってきた。

「先ほど名刺交換した時に興味を持ちまして。というのは、以前ひょんなことで同じ肩書の方、といっても直接会った方ではないのですが、縁があったものですから。もう三年余り前になりますが……」

「なんという方ですか」

宮城は名前を出したくなかったが、相手も同じ肩書の方だしと思い、言わざるを得なかった。

「その人は津田佳彦と言いました。名前を言えば多分ご存知だと思いますが。不祥事を起こし、処分を受けたとか……」

「ええ、知っていますよ。わたしたち四人で更生保護に関するまとまった本を出そうと企画していた仲間でしたから。それも津田さんが中心メンバーだったんですよ。いわば編集長のようでしたからね」

「そうでしたか、それじゃご存知というだけではなく」

「〝畏友〟と言った方が良いでしょうね。あの彼があんなことをするなんて、統括保護観察官という、多くの保護観察官を指導、監督する立場のものがね。人間とはわからんものですね。愛娘の可愛さ余ってのことで、わたしには息子しかおりませんが、もし娘がいたらあのような行動をとってしまうものでしょうか。以前ある有名な人が言ってました。娘が男を連れてきたら、ぶん殴ってやるとか。愛娘への可愛さの表現でしょうか。まともではない愛情表現で、かつての津田さんを見ていますと、とても考えられないことです」

宮城は肝心のことを話したかったが、周りのこの雰囲気では無理だと判断した。アルコールもかなりまわっている。

「ここでは込み入ったお話はできませんので、別の日を取っていただくことはできませんでしょうか」

「そうですか。わかりました。何かおありのようで、時間を取りましょう。土日でしたら、用事のある日もありますが、比較的空いています。日時を打ち合わせて」

二人の約束はできた。一週間後の土曜日、夕食をしながらの会話だ。

同窓会は大いに盛り上がっている。塊はあちこちにでき、時には大声を発したり、なかなか収まりそうにもない。この歳になると、仕事面では中堅、いやそれ以上の地位につき、ここでは言わなくとも、さまざまの苦悩を抱えながら頑張っていることだろう。旧友に会い、張り詰めた心はつい緩んでしまう。

次回は四、五年先に開催することで世話人が選ばれ、解散した。いくつかのグループは飲み足らないのか、話の続きをしたいのか、西へ東へと連れ立って行った。

2

同窓会で会った統括保護観察官の諏訪博と会う日がやってきた。あらかじめ予約していた場所へ行くと個室へ案内された。諏訪もほどなく到着。

「いやー、先日は楽しかったです。旧友と会うと高校生に戻ったような気分になり、寿命が伸びました」

「それだけ私たちも歳を取ったということですね」

「これからも歳を取るばかりで、頭の方も後ろへ進んでいきますよ」

笑いながら手を頭の後ろへやり、滑らせている。

「こればかりはどうしようもありませんね」

二人は笑いに包まれた。

「ではまず乾杯といきましょう」

宮城が口火を切った。

「この前言っておられました津田さんのことですが、その人の娘、千里さんといいますが、うちの事務所で働いております。仕事は丁寧で、一度教えたことはきちっとやってくれます」

諏訪はびっくりした。以前津田からは洋服のなんとか、と聞いていたものだ。

書評掲載情報

◉2019年10月18日 毎日新聞紹介記事

未来のアラブ人－中東の子ども時代（1978－1984）　リアド・サトゥフ 作　鵜野孝紀 訳

子供視線でアラブ世界観察
仏の漫画家　都内で対談　翻訳版紹介

幼少期に過ごした中東での体験をバンド・デシネ（仏語圏の漫画）にした作家、リアド・サトゥフさんが都内で海外生活の経験が豊富な漫画家ヤマザキマリさんと対談した。日本ではなじみの薄いアラブの生活、文化を体験した2人の“漫画家”が、異なる文化との出会いやその描き方について語り合った。〈中略〉

作品のタイトルは、教育を受けた「未来のアラブ人」にサトゥフさんを育てようとした父親の口癖からとった。教育の普及によるアラブ世界の発展を願いながら独裁者に憧れた父や、80年代の中東の人々の暮らしが子供の視線からユーモラスに描かれている。〈中略〉

2人がかつて暮らしたシリアでは、内線が続いている。サトゥフさんは「育った場所が戦争に巻き込まれるのはつらいが、自分が育った村や家のことしか分からないんだ」と語った。一方でヤマザキさんは「この作品にはなぜアラブの春が起こったのか、なぜ内戦が起きたのか理解するためのヒントがあると思う。中立的な状態で読むとアラブ世界の人たちを俯瞰で解釈することができる面白い作品だ」と話し、中東地域への理解につながることを期待した。（竹内麻子）

◉書評掲載情報（2019年7月～10月）

書名	掲載紙
多発する人造地震	北海道新聞7月3日
禁断の果実	静岡新聞7月7日
満腹の情景	共同通信配信　日本農業新聞8月18日
ナタンと呼んで	信濃毎日新聞7月14日
奴隷労働	日本経済新聞7月27日
未来のアラブ人	読売新聞8月25日　週刊文春8月29日号 毎日新聞紹介記事10月18日
朝鮮学校を歩く	朝日新聞ひと欄8月31日　北海道新聞紹介記事10月13日 東京新聞紹介記事10月27日
バブル世代教師が語る平成経済30年史	大阪日日新聞著者紹介記事9月17日
歴史と文学	しんぶん赤旗日曜版9月22日
華南と華中の万人坑	しんぶん赤旗日曜版10月22日
政治のリアリズム	週刊文春10月31日号

花伝社ご案内

◆ご注文は、最寄りの書店または花伝社まで、電話・FAX・Eメール・ハガキなどで直接お申し込み下さい。
（花伝社から直送の場合、2冊以上送料無料）

◆花伝社の本の発売元は共栄書房です。

◆花伝社の出版物についてのご意見・ご感想、企画についてのご意見・ご要望などもぜひお寄せください。

◆出版企画や原稿をお持ちの方は、お気軽にご相談ください。

〒101-0065　東京都千代田区西神田2-5-11 出版輸送ビル2F

電話　03-3263-3813　FAX　03-3239-8272

E-mail　info@kadensha.net　ホームページ　http://www.kadensha.net

歴史が眠る多磨霊園

小村大樹 著
1800円+税　A5判並製
ISBN978-4-7634-0906-5

あの人も、この人も、こんな人まで―近現代史の宝庫「多磨霊園」で歴史散策

明治～平成期に活躍した著名人の墓所を厳選して紹介し、その生涯と生きた時代に迫る。

天皇と神道の政治利用

明治以降の天皇制の根源的問題

思索者21［代表:土屋英雄］著
1700円+税　四六判並製
ISBN978-4-7634-0904-1

象徴天皇制のもとでの新たな政治利用の現実

明治維新後から現在の「代替わり」まで、批判的見地から「制度としての政治利用」を追った実証的研究。

欧州社会派コミック

私のおっぱい戦争

29歳・フランス女子の乳がん日記

リリ・ソン 原作　相川千尋 訳
1800円+税　A5判変形並製
ISBN978-4-7634-0903-4

おっぱい取ったあと、どんなタトゥーいれよう??

本国でベストセラーとなった「カワイすぎる乳がんコミック」日本上陸。

欧州社会派コミック

納豆が好き

フランス人、ジュリの東京生活

ジュリ・ブランシャン・フジタ 作
1800円+税　A5判変形並製
ISBN978-4-7634-0901-0

**住んで、体験して、知った日本
やっぱりここでの暮らしが好き。**

フランス人イラストレーターが見た、日本での 6 年間をまとめたコミックエッセイ。

日本近世の都市・社会・身分

身分的周縁をめぐって

塚田孝 著
2200円+税　A5判並製
ISBN978-4-7634-0900-3

日本近世の重層的社会像に迫る!

「士農工商」から諸社会集団の「重曹と複合」へ。多様な身分集団を統一的に把握する、〈集団〉〈関係〉〈場〉をキーワードとする方法的模索。

ムンサラット・ロッチとカタルーニャ文学

保崎典子 著
3000円+税　A5判上製
ISBN978-4-7634-0899-0

激動のカタルーニャ現代史の中でいま蘇るムンサラット・ロッチの文学と思想

戦後世代のフェミニストとして女たちのアイデンティティを問い続けた作家の文学と思想を紹介。

政治のリアリズム

安倍政権の行方

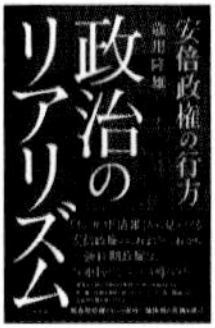

歳川隆雄 著
1500円+税　四六判並製
ISBN978-4-7634-0898-3

「インサイド情報」から見えてくる安倍政権のこれまでとこれから

豊富な人脈と圧倒的な取材力で他の追随を許さない質と量の情報を発信し続けるジャーナリストがとらえた、永田町と霞が関のリアル。

朝鮮学校を歩く

1100キロ／156万歩の旅

長谷川和男 写真・文
1800円+税　B5判並製
ISBN978-4-7634-0893-8

日本各地にある 67 の朝鮮学校を訪ね歩いた記録

「高校無償化」適用を訴える旗を手に歩く旅。道中で出会った人々との交流と発見。

図書出版 **花伝社**

——自由な発想で同時代をとらえる——

新刊案内　2019年冬号

貧困ジャーナリズム賞2019受賞

奴隷労働

ベトナム人技能実習生の実態

巣内尚子　著

2000円+税　A5判並製
ISBN978-4-7634-0880-8

「労働力」の前に「人間」だ!

急増するベトナム人技能実習生が見た、もう一つの〈日本〉

詳細な聞き取りで明らかになる驚くべき実態。日本社会の対応はこれでいいのか?

東大闘争から五〇年

歴史の証言

東大闘争・確認書五〇年編集委員会　編

2500円+税　A5判並製
ISBN978-4-7634-0902-7

東大の全学部で無期限ストライキ……東大闘争とは何だったのか?

それぞれの人生に計り知れない影響を与えた1968年の学生運動。半世紀をへて、いま明かされる証言の数々。学生たちはその後をどう生きたか。

「日本文化論」を越えて

加藤周一「土着世界観」論とその行く先

干場辰夫　著

1700円+税　四六判並製
ISBN978-4-7634-0905-8

「土着世界観」の洗練に見出す〈日本的なもの〉

「日本らしさ」をめぐる数多の論説を吟味し、人類史的視点から新しい日本文化論を目指す。

加藤周一の「土着世界観」論を手掛かりに、学問としての日本文化論の確立を試みる意欲的論考。

欧州社会派コミック

未来のアラブ人

中東の子ども時代(1978—1984)

リアド・サトゥフ　作
鵜野孝紀　訳

1800円+税　A5判並製
ISBN978-4-7634-0894-5

激動のリビア、シリア、そしてフランスで目にした、現在につながる混乱の根源とは

シリア人の父、フランス人の母のあいだに生まれた著者の自伝的グラフィック・ノベル。フランス発200万部の超ベストセラー。23か国語で刊行。池澤夏樹氏推薦

「びっくりしました。またどうして？」

「まさに津田さんがあのような事件を起こすきっかけとなった娘さんの恋、その相手というのが、かつて無銭飲食と傷害で裁判にかけられ、懲役六月、執行猶予二年の判決を受けました。担当保護司がつけられ、その人の働きかけで協力雇用主である豆腐店に仕事先を見つけることができ、まじめに働いておりました」

「それはよかった。そもそも協力雇用主へのなり手が少なく、企業に働きかけても理解が得られないのが現状です」

「二人はとあるきっかけで出会うのですが、そのころ津田さんの娘さんは、おっしゃるとおり、ある衣料品店で働いておりました。ふと買いに来た若い男性とやがて恋仲になってきました」

諏訪はだんだん興味をふかめてきた。

「そこからがあの事件の核心になるのですね」

「そうです。娘の母親は娘が誰か男性とつきあっているらしい、との感触を持ち、夫に告げました。夫、すなわち津田さんは保護観察所の部下に命じ、彼の詳細な履歴、個人情報ですね、それとかつての裁判に関する資料も探させ、ほぼ全貌をつかみました。それからがご存知の通りのことです。〝二人っ娘の恋〟とはこうなるんでしょうかね」

「いやー、新聞に出て私たちもびっくりしました。普段は冷静沈着なあの統括官が、かくも重大な事件を起こしてしまった。新聞を見た保護司の方からも照会がありました。答えるのに苦労したこと、今でもはっきり覚えております」

「人間って、わからないものですね」

「そうです。人間には職業や肩書という表面でしか見られないものがありますが、それ以外の理解できないものを持っていますからね。前にも新聞で見ましたが、お寺の坊さんとか、教会の神父さんでさえも破廉恥なことをしたとか載っていましたね」

「善人そうに見えても、内心では別のものを持っている、ないことはないですからね」

「その娘さんを事務所へお雇いになったのは……」

「お父さんのこととは全く関係ないんです。時期的には家庭内にあっては娘と両親との相克が発生、溝は徐々に広がり、両親と別居をはじめていた頃、事務所では一人辞めて誰か良い人はいないかと探しておりました。知人の紹介で面接に来ました。会ってみれば率直、実直そうでこれは教育次第では事務員として育つな、と思い採用しました。お父さんのことは全く知らないままです」

「でも本人にしてみれば、まったく異なった分野で、当初は戸惑ったでしょうね」

「それが若いとは特権のようなもので、適応力と言いますか、一度説明したことはよくわかってくれました。ある日、傷害致死って、どのくらいの刑になるのでしょう、と聞いてきたんです。妙なことを聞くな、と思いながらも六法全書を開き、刑法の条文に従って説明したことがありました。納得したか、わかりません」

「何かあったんですね。何もなけりゃそんなこと、聞きませんよ」

「そうです。何かあったんです。そのころ担当していた傷害致死事件の被告が〝元カレ〟だったんです」

「へえー、担当中の事件の被告が元カレ……。どうしてわかったんですか」

「それまでも他の案件のときとは何かが違うな、とは思っていたのですが、審理がほぼ終わり、求刑から判決を迎えるころになって、ある日、仕事が終わってほっとした時に元カレであったことを告白されたのです。それが先ほど申しました、傷害と無銭飲食の前科がある青年で、今回の傷害致死は再犯だったわけです」

「そうですか、かつての畏友の娘さんがこうだったなんて、想像すらできませんでした。津田さんからは慇懃《いんぎん》なものしか窺えなかったものですから。自分の立場のことが先に立ったのでしょう。それと娘のことが……」

「少し話題を変えましょうか。堅苦しいものから少しそれて……」

この前の同窓会で会った何人かを取り上げ、酒の肴のようにしてだべりあってはいるが、当然目的はそこにない。

「ところで今日お話ししたいことは……」

「いよいよ本題に入ってきましたね」

二人は笑った。

「そのとおりです。先ほど言ってました裁判の被告、今は仮釈放されて自由の身にはなっているのですが、仕事先も運よく前に勤めていた豆腐店に雇ってもらえることとなり、毎日仕事に励んでおります。実直な青年です。先日もうちの事務員、津田さんの娘さんと三人で夕食を一緒にしました。二年半の刑期を少し早めて出所したのです。そこでのいろいろな経験を話してくれました。もう二度と行きたくない〝あの世界〟のことを。そして彼の言うには、これから自分に何かできることはないか、悩んでいるそうです。何か生きがいを探しているのだと思います。図書館へ行って調べたり、本屋へ行ってじっくり書棚を見たりして、何かヒントになりそうなものを探しまわったりしたというんです。それでも見つからなかった。こんな自分でも社会のため、世のためにできることはないか、と彼なりに模索したそうです。その真摯さは健気でもありました。聞いていて頭が下がる思いです。幸いにも生活面は心配ないと思います。父と二人贅沢しなければやっていけるようです。社会に対してできることを一緒に探そうと約束しました。ただ、彼は学歴は高卒、他に資格や技術があるわけではありません。それでもできることを……」

宮城は落ち着いて話している。

「私は頭中を動員して考えました。そこまで社会に対して何か役立ちたいとの想いは立派だ、応援できることはしてやろう、奮い立たせるものがありました」

諏訪はじっと考えている。ときどきは目を閉じて聴いている。

宮城はあの会食のとき思い出したことを諏訪に話した。

「あの、たしかBBSとかいうので、『ともだち活動』というのがあるんですよね。前に聞いたことがあって、それを思いついたものですから」

初心者の質問をぶつけた。

「そもそも、BBSの『ともだち活動』とはどんなものですか?」

諏訪は静かに話し始めた。

「私どもの進めておりますBBS運動といいますのは、アメリカに範をとりまして、その根本的な考えは、年長者と若年者との相互信頼関係をもとに非行少年の発達支援をしようとするものです。あくまでボランティアです」

宮城が相槌を向けた。

「人生経験豊かな年配者と、その年長者からみれば弟子というか、教え子的存在である若年者とが一緒になって対象者、つまり非行少年の発達支援を目指していこうというものですね」

「そうです。BBSがアメリカで誕生したと言いましたが、それは二十世紀初めのことでした。それからほどなくして日本に移入されたのです。京都がその中心です。第二次大戦の直後、一九四七年です。『BBS運動発祥の地』との碑が今でも京都女子大学の校門横にあります。『京都少年保護学生連盟』の起こした活動です。BBSとはBig Brothers and Sisters Movementの略称です。当時の社会状況をみますに、戦後の食糧難の中で、若い学生たちが始めたということに意味があろうかと思います。この運動の対象者は非行少年に特化しています。そして彼ら・彼女らを支援する周りには、同年代であるＢＢＳ会員、地域の保護司さん、そして保護観察官がいます。言うまでもなく保護司、保護観察官は年長者です。ＢＢＳ会員は学生が多く、対象者とほぼ同じ年代、近い人であり、対象者からは〝兄〟〝姉〟として気軽に話のできる〝ともだち〟になってもらうのです。年長者には話せないことでも、同年代であるからこそ心を開いてくれることもあるのですね」

宮城はだんだんとわかってきた。それはいつもの仕事の中で、被害者、加害者としての依頼者から聞く状況とどこか通底しているものがあるのではないかと思った。

「年長者と若年者が一緒になって非行少年の問題を解決する、ということですね」

「いえ、ＢＢＳ会員に問題を解決することは求めておりません。ともだち活動の目指すのは、非行少年・少女たちと同じ目線で話しかけ、相談相手となってもらうことです。それによって彼らの悩みを解消したり、手助けをしようというものです。ともだち活動はＢＢＳの大きな部分を占めていると言ってもいいでしょう。ただ〝ともだち〟になってほしいのです。ともだちと言ってますが、文字にしますと漢字の友達ではなく、ひらがなの〝ともだち〟なのです。漢字よりもあたりは柔らかいでしょう」

宮城はなるほどと思った。

「そうですね。日本語には同じ言葉でも漢字、カタカナ、ひらがなで表現できますから、見た時の感じ、受け止め方、いろいろと異なりますからね。その点、法律家の書く文章は無味乾燥ですよ。特に検察官の文章たるや悪い見本です。味わいや潤いのない文章、そのうえ一般の人たちが読んでもわからない言葉、単語を平気で使う。悪い人種ですよ」

「悪い人種ですか、困ったもんですね」

二人は大いに笑った。

「つまり、若年層であるBBS会員、地域のおじさん・おばさんである保護司さん、それから更生保護を所管する行政機関である法務省の保護観察官、こういう人たちが手を組んで、一度は非行に走った少年少女たちを何とか面倒をみようということですね」

「そのような模範的なお答えをされますと、困るんですがね。ちょっとはわたしに捕捉することも残しておいてください」

再び笑い合った。

「お褒めいただき、ありがとうございます。大体のことはわかりました。いえ、わかった気分になっているのかもしれません。この会に入って実際に非行少年たちと付き合っていくなかで、世の中のこと、社会のこと、どうして非行に走るのか、考えるのでしょうね。そういう若者が増えていくこと、頼もしいですね」

「宮城先生が言っておられるその青年も、まさにBBS会員の候補者ですよ。是非ともBBSに入ってほしいですね。対象の青年には少年院にいた子もいます。さらに言いますと、会員の中にもかつて少年院や少年刑務所にいたものもいます。そういうのは、話しているとなぜか通じるものがあるらしいですね」

宮城は、孝男ならどういう態度をとるだろう、と一瞬考えた。諏訪からの大筋の説明は終わったようだ。

「ここにいくつかの資料があります。わたしの説明で言い足りないことなど、お読みいただければと思います」

そう言ってカバンの中から四、五冊の冊子、パソコンからプリントしたと思われる資料などを宮城に渡した。宮城は一冊ずつを手に取って頁をパラパラとめくり、ある個所では目を止めた。

孝男に話した時、まず頭に浮かぶのは、ＢＢＳのともだちになって自分に何ができるだろう、一緒に遊ぶことはできても、勉強を教えることはできないし……。彼から学歴で悩んでいることを一度ならず聞いている。

「一時はある事情があって非行に走った少年にもきっと立ち直らせよう、更生させようとの思いは社会にあるのですね。全国に何万人とおられる保護司の方、ボランティアですよね。ご自身の仕事を抱えつつ日々活動しておられる、素晴らしいことです。世の中は君たちを見捨てないぞ、がんばってくれ、とエールを送る。ＢＢＳの若人の努力も大きいでしょうね。彼に話してみますよ。その前にわたしが理解しなけりゃ、勉強します。しばらく時間をください」

「わかりました。こういうのはあせったり、急いでやるものではありません。じっくり、地道に向かっていくものだと思います」

それからは再び、同窓会で会った友人を肴にするように話は盛り上がった。けなしたり、ほめたり、人によっては二度も取り上げられたのもいる。まさに井戸端会議そのものの様相だ。

宮城が締めくくった。

「それでは少し時間をもらうことにして、また連絡します。その節はよろしく」

宮城は家へ帰って、諏訪からもらった資料を眺め、目を通した。とりわけ若者の体験談を読んだ。そこには若者らしい新鮮な気持ちが表れている。同年代のこの活躍に対し、孝男はどう思うだろう、どう反応してくるだろう、興味を持つ。

翌日、津田千里に佐々木孝男に来てくれるよう連絡を指示した。

3

津田千里はときどき佐々木孝男が「結婚」についてどう考えているのか、不安に思うことがある。孝男が出所し、街で偶然出会って以来、かなりの月日が経っている。何回か会っているにもかかわらず、二人の距離は縮まっていない。千里にとって刑務所入りは過ぎ去った過去のこと、だが孝男の心の奥底までは見ることはできない。宮城弁護士に相談しようと思ったが、いや、二人の問題だ、もう少し時間をかけて熟考しようと何度思い詰めては思い、ひっこめたかしれない。

同年代の友達はどんどん結婚し、披露宴に招かれお祝いの言葉を述べ、やがて出産祝い……何度したかしれない。その都度、次こそはわたし……との思いが浮かぶ。

千里はある晩眠れず、想いをめぐらせていた。

ひと言で結婚といっても、誰の視点で考えるかによって、その見方、内実は異なってくる。千里なら、必然的に女性の視点で考える。結婚によって好きな人を独り占めできる喜びがある。その独り占めは他者からの干渉を許さず、社会的に公認された「家族」となり、それを壊そうとする者には「夫婦」という立場で対抗することができる。何かあった時でも「法律上の夫婦」として保護される。そして、愛する人の子どもを誰に気兼ねすることなく、堂々と産める。子どもには法律上の保護が与えられる。そんなことを考えていると、いつしか睡魔が襲ってくるのを抑えられなくなった。

きらびやかなウェディングドレスを着た女性がいる。祝福の嵐の中で、主人公の花嫁は大いなる喜びに満ち溢れている。涙を流してここに至るまでの道程を振り返っている。その主人公こそ、自分だった。ある日、見知らぬ男性と会い、恋人となり、しかし、二人のことを知った両親によって仲を引き裂かれ、彼はある事件に巻き込まれ、傷害致死の罪を負った。刑務所に二年余り収容された。この数年というもの、通常では味わえない苦痛の日々であった。若い二人の関係は、それを乗り越えて強固になったはずだ。

……いろいろと考えているうちに、幻は覚めた。夢だった。ウェディング姿も朝の覚醒とともに消えた。

ある日、千里は仕事が終わって帰り支度をしていた。そのころ宮城弁護士も一日の要件が終わり、ほっこりしているところであった。意を決して相談することにした。

「あの、私的なことなんですが、ご相談があります。ちょっとお時間、よろしいでしょうか」

「うん、いいよ。なんだろう」

と言ったが、全く想像のできないことではなかった。相談内容は予想できていた。

「佐々木孝男さんとのことですが、このまま続けていていいものか、あの人が出所してから、何回かお会いし、いろいろお話はしていますが、二人のこれからについては一向に話がありません。わたしの想いのように進みません。先生、何か聞いておられませんか？　それらしいことでも」

宮城は少し腕組みして考えた。

「いや、彼の気持ちについては何も聞いていない。きっと彼にとっては刑務所を出てからの心の整理、それになんといっても仕事先を探すこと、これについては前に勤めていた豆腐店でお願いすることができて、一応、日常生活の経済的基盤はできた。ひと安心しているだろう。それから津田君も知っての通り、彼は今自問している。葛藤している。こんな自分でも何か世のため、社会のためにできること、役立つことをしたいと。それを聞いてぐっと胸が締め付けられた。なかなかいないよ、こんな若者」

最後にいくぶん声のトーンが上がってきた。

千里にしても孝男の生真面目な性格は知っている。いや、理解している。でも、それと自分の一生にかかわる結婚とは……、自分から話題を向けて断られたときのことを恐れている。千里は孝男をある程度は理解しているつもりだが、それでも、思いは日に日に募ってくる。

「孝男さんが前科を抱え、罪の償いが終わった今もそのことで悩みを抱えていること、それはわかっています。わたしは覚悟できています。両親の理不尽な態度にも、これからどんなことがあるかわかりませんが、立ち向かっていきたいと思っています」

「わたしが思うに、彼はいつまでも前科というレッテルにこだわっているのかもしれない。その意識は簡単には拭い去れないものなんだ。結婚しても、何かのときにこの言葉が表面に出ると、妻に申し訳ないと思っているんじゃないか、彼を見ているとそう思えて仕方ない。他人から見るともう済んだことと思えても、本人にしてみればいつまでたっても払拭できない、大きな心の問題なんだね。まじめ一徹だからこそ、一生消えないことだろう」

千里もあらためて言われると、心の底に根付いている意識を動かすことの困難さを思い知らされた。まじめだからこそ、次の場面に容易に動き出せない、不安感が先に出てくる。まだまだ世間ではかつて刑務所にいたことに対する風当たりは厳しく、いつまでも忘却することはできない。過去を引きずることは、前に向かって歩き出せないことを意味しているのだが、世間は表面のみを見ている。

4

孝男が宮城法律事務所にやってきた。

ドアをノックしたのは六時ピタリ、まるで時計を見ながらノックしたようだ。千里は応接室へ案内し、宮城に小声で「私はどうしましょうか」、「ああ、いいよ。ご苦労さん」。千里は一礼して執務室を出た。

少しして宮城は資料類を持って入ってきた。そのほとんどはこの前諏訪から受け取ったものだが、机の上に置いた。

「どう、仕事は順調にいってる?」

「はい、おかげさまで、楽しくやっております。親父さんご夫婦も先輩もよくしてくれますから」

「それはよかった。職場の人間関係がスムーズなのは大事なことなんだ。こちらへ来られる方でも職場での人間関係、あるいは家族間、親族とのもつれ、多くて困っているからね」

ひと息入れて続けた。

「ところでね、今日来てもらったのは、聞いていた〝何かやれること〟のことなんだけど、私の知り合いで保護観察所の偉いさんがいる。その人と話しているとね……」

そこまで言われたとき、直感した。

「その人、もしかして、千里さんのお父さんの……」

「いや、肩書は同じかもしれないが今回の件とは関係ない。千里君のお父さんは今はもう勤めておられないし、全く関係ないことだ」

宮城は予想以上に孝男が敏感であることにやや不安を感じたが、進めることにした。

「私が今言っている人は、転勤でこちらへやってきたんだ。高校の同窓会で偶然会って、話が進んだ。会が終わって二人で会う日を作ってくれてね。その彼はＢＢＳというものを紹介してくれた。ＢＢＳというのは初耳だと思う。フルネームは Big Brothers and Sisters Movemet といってその起源はアメリカにあるようだけど、日本では昭和二十二年にできたそうだ。昭和二十二年というと終戦すぐで、親がいない、食糧が足らないという時代を反映してそれを補う活動をしていたようで、その主体は学生たちと言われている。第一回の会合は京都女子専門学校で行われ、今の京都女子大学の正門横に記念碑がある。一度見るといいよ。

そもそも更生保護は、罪を犯した人が裁判を受け、一定の罰に服すれば社会に戻ってくるという事実。更生保護は再出発をしようとする人たちを助けるのを目的としている。立ち直り支援、そして再び犯罪や非行に走るのを防ごうと、いろんな人たちが日夜頑張っているんだ。

保護観察所というのがその中心にあるのは知っているよね、ここは国の機関、民間の人たちがその周りにたくさんいる。町のおじさん・おばさんである人生経験豊富な保護司の方がた、そして若者層のＢＢＳはもっぱら民間に委ねられている。少年非行などをした若年者に対しては、同じ年代の兄や姉のような視点で接し、一緒に悩み、学び、遊びなどで気ごころを通じさせ、少年の立ち直りを支援する、そういうＢＢＳというものがある」

そこまで聞いたとき、「保護司」という言葉にただならぬものを感じた。

一回目の裁判のとき、懲役六月・執行猶予二年の判決を受け、家に帰ってその翌日、地域を担当している山田幸仁という保護司が訪ねて来てくれた。こういう人が家に来るなんて想像もしていなかったし、またごく近所の人で二重にびっくりした。保護観察所から連絡を受けて来たとのこと、それから保護司として孝男の職探しに奔走してくれた。まさに、〝靴をすり減らし〟て、西へ東へ協力雇用主の社長さんを訪ねて採用をお願いしにまわってくれた。

山田の働きかけは運よく豆腐店の藤井店主の理解を得、雇ってもらえることになった。採用されてそれで仕事が終わるわけではない。きちっと働いているか、周囲の人たちとうまくやれているか、それとなく見るようにしている。執行猶予の二年が過ぎた日、ケーキを持って孝男は報告に行った。喜んでくれた。

この山田保護司にも、人に言えない暗い過去があった。あることが契機となって、自分が生きて行けるのを最後と悟った山田は孝男に長い手紙を送り、服毒自殺をして一生を終えた。

山田保護司の本業は幼稚園の園長だった。子どもたちと一緒に遊び、保護者からも親しまれていた。その園長から孝男への長そうな手紙。数行も読み始めたころに、「……人間とは誠に罪深いものです……」、ぎくっとした。この後、何が書かれているのだろう、読むのが恐ろしくなった。けれど、読まねばならない。

「若いころ、F県からエリート大学と言われる大学へ入り、ひとりで生活するようになりました。ウブな青年は大学生活にはまり、いつのまにか全国的に盛んとなっている学生運動に身を投じ、勉学よりもあるセクト（集団）の活動家になっていったのです」

当時の激烈な学生運動は世の中の一大事件となった。山田が関わったセクト内の内紛はやがて殺人事件へと発展し、死体遺棄事件は長らく関係者の間で封印された。しかし、最近になって何十年もの前の事件が週刊誌記者によって嗅ぎつけられ、実際にかかわった山田幸仁の元へと触手は伸びてきた。山田の、園長として、地域の保護司として贖罪を果たすがごとく粉骨砕身してきた努力は水泡に帰し、過去が暴かれ、場合によっては司法の場に引きずり出される恐れも出てきた。それだけは何としても守ろう。自らの生命を犠牲にしてでも。

長い手紙を読んだ。孝男にとって、当時の時代背景、学生運動のことなど理解するのは到底不可能であったが、文面から切迫感は伝わってきた。山田保護司にとって、若き日の〝非業〟はなんとしても隠し通さねばならない。しかし今、その切なる思いは打ち破られようとしている。なんとかしなければ……。出した結論は、自ら生命を絶つことであった。

孝男にとってはショックのほかに形容できる言葉がなかった。しばらく空《くう》を見つめた。人の内心は、他人にはあるいは自身でも決してわからないもの、理解できないもの、との意識が芽生え、植え付けられた。

　宮城の話は続く。

「そのＢＢＳ活動の中心に『ともだち活動』というのがある。保護司でもない、何の資格も技術もない若者が保護司と連携しながら、非行少年たちと仲良くなろう、何でも話のできる関係になろうというものなんだ。具体的にどのようなことをするかは人それぞれ違うだろうけれど、ある少年に対しては高校卒業資格を得るための勉強、いわゆる学業支援であったり、またある少年はキャッチボールをしたり、一緒にボーリングに興じたり、また将棋などのゲームをして心を通わせる……。依頼元である保護観察所や少年院からの依頼内容に沿って動くことになると思う。言うまでもなく、これらを満足に行っても報酬などは一切ない、ボランティアであることははっきりさせておいてほしい。専門知識はいらないし、何かを解決するものではない。解決ということは専門家に任せればいい、そういう考え方なんだ」

　孝男はＢＢＳというものがどんなものか、おぼろげながらわかってきたように思えた。そしてすでに気持ちは高ぶっている。

「やらせてください、やりたいです！　家に帰って父とも相談しますが、必ずや賛成してくれます」

「そうか、わかった。いずれ保護観察所の人と会うことになるだろうから、じっくりと……」

「それでは僕はどうすればいいんですか？」

「そうだな。どこかのＢＢＳに入る必要がある。具体的な依頼内容は保護観察所や少年院から要請がＢＢＳに来る。その要請内容によって会員の誰に引き合わせるか、との検討に入るようだ」

「どこかのＢＢＳに入るとしても、僕は何も知りません」

「わたしから保護観察所に渡りをつけよう、そうすれば何らかの指示があると思うから」

「それじゃ、僕は待っていればいいんですね」

「うん、そうだ」

退室時、横を見ると色紙が飾ってあった。誰が書いたのか、見事な書体だ。

　ひとりの力は　微力だけど　無力ではない

何か心にすとんと来るものがあった。


それから数日して宮城は保護観察所を訪れ、諏訪博保護観察統括官と会った。狭いながらも個室を与えられている。

「先日はわざわざ時間を取ってもらってありがとうございました。あれから例の青年とも話し合い、是非ともやりたいと言っております。よろしくお願いします」

諏訪に孝男のプロフィールを渡した。じっくり読んでいる。

「わかりました。所内の関係者に話してみましょう。今後のことはまた連絡します。この件はこれくらいにしましょう」

同窓会での話の続きに移ってしまった。

「それにしてもかつての同窓生たち、いろんなことをしてますな。宮城さんのように弁護士、あるものは太陽光発電のシステム開発や営業に、あるものはレストラン、バーの経営者になったり、学校を出てから何回も転職を繰り返し、やっと落ち着き先を見つけた猛者など、いろいろです。あそこへ出てこれるものは良い方、出たくとも出られないものもたくさんいたのだろうと思うと残念です。本人や家族の健康も大事だしね」

「そう、何をしようにも先ず己の健康が第一だよ」

そこへ電話がかかってきた。諏訪はしばらく話していたが、やがて送話口を手で押さえ、

「すまないけれど、ちょっと長引きそうなんだ。また電話するから、今日はすみません」

宮城は保護観察所を後にした。

第三章　結婚

1

千里の心から「結婚」の二文字が離れない。昨日も友だちの出産便りをもらったばかり。新生児を抱いた写真を見て、自分はいつになったらこのようになれるのかと夢に描いている。今度孝男と会ったら、彼の想いを確かめてみよう。でも、どのような返事が返ってくるか、不安でもある。

つい最近も宮城弁護士に相談したことがあった。彼とは何回か会って話してもいるのに、いざ、結婚についての話題が出てこないこと、女の私からはなかなか切り出せないことを訴えた。そのとき、彼を誉めるようなことは言われても、積極的に推し進めるようなことは言われなかった。彼の欠点は言われず、「なかなかいないよ、あんな若者」との言葉で結論付けられたようだ。孝男をいいやつだとは思うが、あとは自分たちで決めなさい、ということか。そのようにも思えた。

宮城が保護観察所へ行って二、三日後、若い二人は夕食を共にした。千里の要望で個室を予約しておいたのだった。周りに気兼ねなく話せるように。

話は時に楽しく、時には何か思いつめたように、しかし、和やかに食事は進んでいく。料理の大半が食べられたころ、千里は思い切って口火を切った。

「あの、わたし、気になっていることがあるんです。訊いてもいいかしら」

孝男は千里がこのような切り出しで話題を向けてくるのに、びっくりした。しかし、個室を予約するにはそれなりのことがあるのだろう。

「どうぞ、そうあらためられるとなにかな、と思うけど……」

ひと呼吸して思い切って口を開いた。

「わたし、もうすぐ三十歳になるんです。孝男さん、うすうす気づいているでしょ、私の気持ち。だんだん焦ってくる気持ちを」

そう言われても、今は父と二人、男だけの生活、身近に女性はいない。仕事場に行けば店主の奥さんはおられても、あくまでも「店主夫人」、同世代の女性と接することはまずない。千里以外にはいない。こういうことになると、どこか疎い。千里は続けた。

「はっきり言うわ。わたし、結婚したいの、孝男さんと」

孝男はドキッとした。時にそれらしいことは匂わないでもなかったが、そうはっきり宣告されるように言われて、正直びっくりした。すくなくとも心の準備はなかった。今まで千里との結婚を夢見なかったことはない、いや、むしろ思い続けていたと言ってもいいだろう。それがいつしか消極的な方に傾いていったのは……。ここは正直に気持ちを伝えた方が良いだろうと腹をくくった。

「そこまで言ってくれるなら、正直に言うよ。何回、千里さんとの結婚を夢見たかしれない。でもそのたびに〝お前は前科者だ〟と叫ぶ声が響いてきて、その声を打ち消すことができなかった。結婚、それは僕には過ぎたことだと思うようになってきたんだ。浮かんでは消えたりして常についてまわっている心の底からの想いだ。もし結婚しても、僕が前科者であるがゆえに千里さんに世間の無責任な刃が襲ってくるかもしれない。それは悪意に満ちたものもあるだろう、耐えられなくなるかもしれない。何回逡巡したか……。僕の想いもわかってほしい。愛しているが故の想いなんだ。千里さんの平安な生活を傷つけたくない」

少し涙目になっている。千里は思った。孝男のこの内なる心、かつて宮城先生が言っておられた通りだ。孝男に必要なことは、過去との絶縁・断絶ではないだろうか。塀の向こうでのことは忘れてほしいのに。

千里はきっぱりと宣言するように言った。

「誰かが前科を持ち出してきたら、両手を広げて断乎、侵入を防ぎます。この両手、物理的には大きくなくても、心の上では誰の手よりも大きく、侵入者を追い返します。今まで孝男さんを見てきて、わたし、孝男さんと一緒にやって行けると思えるようになりました。この私の気持ち、汲んでほしいのです」

「けれど世の中の万事、善意や好意だけでは通用しない。悪い者たちはあらゆる手を使ってくる。そこには良識も見識もない、標的になったものを葬るまでは何をしてくるかわからない」

「それがなんなの！」

思わぬ言葉が返ってきて、孝男はギクッとした。孝男はそこまで自分のことを思ってくれている千里が頼もしく、またいとおしさを覚えた。将来、どんな種類の、どんな強力で理不尽な矢が二人を目がけて飛んでくるかもしれない。しかし、これ以上佐々木孝男という人間を尊重してくれる相手はいない。ここで決心しなけりゃ、男がすたる。再度確認した。

「僕には学歴も資格も技術も何もない。本当にこんな僕でいいの？　いくら三十になるからといって自分を下げないで。千里さん、大学出ているんだったよね……」

余計なことを言ったとすぐに反省した。

「いいの、孝男さんと一緒になれるなら。がんばって立派な家庭を築いていきます」

千里の孝男に対する愛は固く、ゆるぎないものが滲み出ている。孝男はじっと考え込んでいる。待っている千里には長い時間に思われた。そしてようやく決意のほどが示される時が来た。

「わかった。結婚しよう」

孝男の胸には爆発に近いものが沸き起こった。

千里は泣き出した。ここ数年というもの、いろんなことがあった。それを思い返しているのだろうか。両親との別離。孤独な生活。ここからの出発として新しい家庭を築いていく決意を固めた。孝男は涙を拭いながら言った。

「今日は婚約記念日だね」

二人同時に発せられた。ようやく一転して晴れやかな顔になった。

「そうね、この日の想いをいつまでも大事にしていきましょう」

「僕は今晩帰って父にこのことを話します。きっと喜んでくれるでしょう」

興奮の冷めないうちに二人はそれぞれの家へと向かった。

孝男がしなければならないことは父親の了解をもらうこと。

今まで千里のこと、それらしきことも含めてひと言も言っていなかったため、さぞびっくりするだろう。そればかりか、結婚ということについてすら、話題にしてこなかった。ふたりにはそれぞれの心裡が働いているのだろう。腹をくくって話そう。


「ただいま。今日はひとり食事させてすみませんでした」

高明は瞬間にいつもと違う何かを読み取った。が、あえて聞かなかった。

珍しく孝男が二人分のお茶を淹れて正面に座った。

「お父さん、話があるの」

「いったい何事だ、あらたまって」

「僕、結婚したいのです。女性と」

父は多少うろたえている。

「そら、結婚は男と女のもんや。で、相手はいるんか?」

「もちろん、いるよ」

「で、その……孝男の過去のこと、承知なんか?」

孝男本人にとっても父親としても、一番に気になることだ。

「そのこと、心配すると思っていた。当然、知っているよ。すべて……」

「すべて知っていると自信ありげに言ったが、それってどういうことや。なんか写真でもないのか、お父さんは何してるんだ」

世の親が知りたいことを矢継ぎ早に次からつぎへと発した。

高明は孝男の父として、年頃の息子を持つ親として、息子の結婚はかねてから心に思っていたことではある。しかし、なんといっても過去の刑務所暮らしを理解し、乗り越えてくれる女性でないと進まない。孝男は他の青年にはない、大きく重い十字架を背負っている。

それがいつの間に見つけてきたのか、あっけにとられた。かつての恋がいったんは埋もれ、再び芽を吹きだしたということのようだ。それにしてもあの父親の所業は如何なものか。社会的に地位のある人であるがゆえに、腑に落ちないものを感じたのだった。今、その父親の娘と結婚したいという。考え込んだ。

「明日もう一度話を聞かせてくれるか。今日はもう遅い。ひと晩寝て心の整理をするから」

無理もない、あまりにも突然に言ったことだ。一生にかかわること、ひと晩かけて心を落ち着かせたいのはもっともである。孝男は応じた。

「うん、わかった。明日の晩、食べながら話そう」

二人は安らかな眠りについた。


朝が来た。新しい朝だ。今日の朝は昨日までの朝とは違う。この朝はちょうど孝男が刑務所を出た時の太陽の輝きに通ずるものがあった。あの日は自由を得た喜び、今日はひとりの女性と終生を誓い合った歓び、ともに朝の陽に満ち溢れている。

いつもと変わらず、今日もおいしい豆腐を作ろう。ご近所の方がたに愛してもらえるように。仕事に向かう姿は昨日と一緒なのに、今日は新鮮さが加わっている。動作の一つひとつにも明るさが発露している。店主はそんな孝男の姿をじっと見つめている。

帰り道、今日は夕食を父の喜ぶものにしようと心を配った。父の喜ぶ顔が見たい。

テーブルの上の料理を見て父はびっくりした。どこかの料理店ではないかと思うほど見栄えも良かった。料理そのものはスーパーで買ってきたものだが、きれいな食器に並べられているのだ。こんな料理、孝男には作れっこないことは十分承知している。孝男の作戦勝ちだ。これから起ることに何も反対できないようだ。

「孝男、今日はえらいがんばったな。魂胆が見えみえだけどな」

ニタっとした。

孝男は千里のこと、先方の親とのことなどすべてを話した。高明を特に感動させたのは、千里が二年余りの刑務所生活をずっと我慢して待っていたことである。健気というしかない。今どきこんな辛抱強いというか、一途な子もいるものかと驚きにも似た感情をいだいた。

「それで日取りとか決めているのか」

「ということは、この結婚、了解してくれるんやね」

「うん、そういうことになるね。二人協力して幸せな家庭を築いてくれ」

高明の脳裏には、今この千里という女性を逃がせば、二度と相手は現れないのでは、との打算に近いものも少しはあった。

あとは豆腐店の親父さんへ報告するのが残っている。翌日の仕事が終わり、帰るころに口を開いた。

「親父さん、先輩、ちょっとお話があります」

二人はびっくりした。このように改まって言うのは初めてだ。

「おいおい、心臓がびっくりすることはやめてくれよな」

寸分のときをおかず、宣言するように言った。

「僕、結婚することになりました」

二人とも驚いている。

「うそだろ、心臓の飛び出すようなこと言わんでくれ、体に良くないぞ」

とは言ったものの、孝男のまじめな雰囲気に圧倒されてしまった。これ以上は冗談を言えない雰囲気になった。

孝男は「結婚」の二文字を言ったとたん号泣した。この涙はあの時、刑務所から出てきた挨拶のときとは異なっている。三人にとって今、この号泣の意味が分からない。どうやら孝男には、何か大きなことがあった時には泣く癖があるようだ。

「そうです、僕は結婚することになったんです。親父さん、酒井先輩、前科二犯のこの僕に、『それでも良い、そのことであなたを誹謗中傷する人がいれば、この私が守ります』と力強く言ってくれたんです」

店主と酒井は孝男の興奮ぶりに気圧される思いである。やっと親父さんが声を発した。

「孝男、良かったな、その女性を大事にせえよ」

後は声にならない。酒井も、

「その女性はたいそう強いんだろうな、精神的に。これから何があろうともきっと立派に支えてくれるぞ」

奥さんは涙を拭っている。

いっぽう千里の方でも、宮城弁護士に報告して祝福の言葉を受けた。

2

佐々木孝男と津田千里との結婚披露宴は、ごく内輪でささやかに行われた。場所は日曜日であったため、弁護士会館の小会議室を借りることができた。事前の準備、当日のさまざまについては新郎側として豆腐店の酒井先輩が、新婦側として後輩事務員の福田奈央子が当たることとなった。

二人の合言葉は「質素な中にも心のこもった披露宴」である。民間の式場でするような華美な演出は何もない。料理は近くの料理店から配送され、各テーブルに並べられている。演出と言えるものは、店主の作った紅白のハート形をした豆腐、福田奈央子が作ったウェディングケーキであった。奈央子は何とパティシエの専門学校に通っていたという経歴の持ち主。ケーキは友人に手伝ってもらって作り、添えられた花とともに何とも言えない華やかさを演出している。

ふじい豆腐店は、この日ばかりは「臨時休業」の張り紙を出した。

参加者はごく限られた人たちであった。司会進行は酒井と福田が行った。

乾杯と主賓挨拶に宮城雅之弁護士夫妻がたった。

「もう既にご存知の方ばかりですから、あらためて自己紹介する必要はなかろうと存じます。津田千里さんの上司にあたります。お二人の結婚にはわたくしもかんでいるといいますか、関係者の一人であります。本日を迎えられたこと、心からお喜び申し上げます。

この前の大安の日、五日に婚姻届が提出されました。その際、わたくしども夫婦で証人として署名させていただきました。役所に受け入れられたのを持ちまして公的に夫婦となったのです。わたしは法律にかかわる仕事をしておりますので、法律上で認められること、また権利と義務と言いますか、夫婦としての結束も固まることと思います。

今日の日を迎えられるには並大抵のことではありませんでした。多くは申しませんが、お二人にとりましてはずいぶん辛いこともあったでしょう。苦しかったでしょう。それを乗り越えて、と言いますと、亡くなられた方、職を失くされた方のことを思いますと痛恨の極みでありますが……」

ここまで言われたとき、千里は感涙した。せっかくの化粧が台無しになってきた。隣から宮城夫人の伸子からそっとティッシュが差し出された。

「そのあげくは孝男君。わたしは弁護士として最大限がんばりましたが、力及ばず、高い塀の向こうへ行きました」

孝男も涙にあふれている。

「その間も津田君は孝男君のことが忘れられなかったのか、ずっとひとりでいました。彼は根っからの〝ワル〟ではない、ひょっとしたはずみでの過失なんだ、罪を償ってこちらへ戻ってこられる、その確信に近いものがあったと思われます。わたしも彼の弁護をしていて裁判中に見せた真摯な態度、ふるまいに心を奪われたのです。刑事裁判を長く担当してきましたが、そこで裁かれる人、被告との呼ばれ方はしましたが、孝男君ほど率直でまじめな態度を崩さなかったものはいなかった。それは、亡くなられた方への哀惜の情を持ち続けていたことによるのかもしれません。

新婦、千里さんの仕事は、法律事務所でいろんなことをしてもらっています。裁判にかかわるものが多いですが、あるとき、もう何年前になりますか、裁判を傍聴させてほしい、と言ってきました。それがまさしく孝男君の法廷だったのです。元カレとは知らずに、法律事務所にかかわるものとしていいだろうと思い、行かせました。一部始終を見、聴き、最後の判決を聴いたとき、目には涙をみました。去っていく孝男君の姿を見送りながら。

それから二年余り待ちました。そして今日の日を迎えることになりました。途中、だいぶ略しましたが、大事なことは抜けていないと思います。世の中、酸いも甘いも……とよく言いますが、今までは酸い方が多かったのではないでしょうか。これからは甘い方も味わってください。

とはいえ、二人の前途には不安もあるでしょう。何かあれば陰で、〝前科者〟と悪口のごとく言われるかもしれません。しかし、新婦さんは見事にたくましく言ってくれたそうです、両手を広げて侵入者を阻む、と。固い決意です。この太い芯は少々のことではびくともしないでしょう。

結婚生活はこれから続く何十年という年月のことです。決して平たんな道ばかりではありません。どうか堅実な家庭生活を築いていってほしいと思います。

二人の出発に際し、もっと明るい、華やかな話をできたらよかったのですが、もともとわたしは堅物なものでして、これでお許しください。あ、それから孝男君は近いうちにボランティア活動で、『ともだち活動』というものに参加することになっております。彼を支えてやってくださ い。どうもありがとうございました」

参会者は大いなる拍手を送った。

「それではふじい豆腐店店主さま、よろしくお願いします」

「おいおい、店主様とは余計だよ。〝天子様〟に聞こえちゃうじゃないか、いつものように、親父でいいんだ」

爆笑が起こった。

「それはそうと、孝男、おめでとう。びっくりしたぞ、お前が結婚すると聞いて。その吉報を保護司の山田幸仁さんに聞かせてやりたかったな。あれは何年前になるか、靴の底をすり減らして町中を歩き、孝男の仕事場を探していた姿、今でも思い浮かべるよ。そしてたどり着いたのが、うちだった。それからもいろいろあったな。彼が生きていたらどう思うか、どんなに喜ぶか……」

ここまで言われたとき、孝男は山田さんからもらった分厚い手紙のことは秘密のベールのままにしていたことを思い出した。読んだ後、指示通り燃やした。あの時燃やさずにいたら、どこかの週刊誌が嗅ぎつけ、スクープしたかもしれない。静かなこの町は騒然としたろう。山田さんのためにも、町のためにもあれでよかったんだ。そう思うことにした。なにしろ青酸カリによる服毒死という凄惨なものであったから。藤井は続けている。

「保護司、協力雇用主、保護観察官、この連携があっておおきなひとつのサークルが成り立っているように思えます。山田さんの後が長く見つからなかったようで、とうとう私にまわってきたのです。先生、どうしましょう」

宮城は素早く答えた。

「どうしましょう、ということはもう決めておられるんでしょ。お願いします」

「先を越されたな、ということで、孝男くん、千里さん、しっかりとした明るい家庭を築いていってください」

新郎・佐々木孝男の挨拶となった。立ち上がった。しばらく何も言えなかった。どれほど経ったろうか、やっと口を開けた。

「みなさん、本日はどうもありがとうございました。この場でどうご挨拶すればいいか、迷っていました。迷っていたのではなく、これでいいのだろうか、こんな自分でも祝ってもらっていいのだろうか、一瞬、戸惑いに近いものがあったのです」

ここまで言ったとき、酒井先輩が声をかけてくれた。

「孝男、いつまでも思うな、今日からお前の新しい出発だ」

「そうだ」

宮城弁護士まで声をかけてくださった。孝男の挨拶はガラッと変わった。

「わかりました。今までのことはどこかへしまいます。そして今日からは今までの僕と違って、この千里さんと新しい世界を作っていきます」

割れんばかりの拍手が沸いた。

「そうだ、それでこそ男だ、がんばれ」

宴は大いに盛り上がったところでお開きとなった。

ほんの限られた人たちとではあるが、心のこもった結婚披露宴であった。この日から二人の新しい生活が始まった。

第四章　ともだち活動

1

孝男と千里の発案で、父と一緒に住むことになった。古い家ではあるが、それなりの便利さもある。なによりも孝男がこの家を出ていけば父は孤独の生活となり、精神的な安定も欠くようになって健康にも影響してくると思われたからである。父を一人にすることはできない、そんなことをすれば自分たちだけの幸せを追求しているようになる。父がどれだけ息子のことを思って生きてきたか、決して忘れることはできない。二階の二間は孝男夫婦の部屋、下は三人の共通スペースと自然となった。

今まで男二人むさくるしく過ごしていたのが、そこへ息子の嫁として若い女性が来た。ぎごちない面、互いに遠慮などが出て、譲り合うと言えば聞こえはいいが、ちょっとした気持ちのわだかまりがたまらないように気をつけねばならない。孝男と千里の仕事の時間帯が異なるため、互いの睡眠時間を確保しつつ、どうしていくか、当分は試行錯誤である。

近所のおばさん方からは「新しいご家庭でいいですね」と声をかけられると、にこっとして「よろしくお願いします」と返している。千里にしてみれば早く近所のことを知り、おばさん方とも仲良くなりたい気持ちになった。

孝男はBBS入会にあたって面談をしたいという連絡を受け、保護観察所を訪れた。かつて千里の父が勤めていたところだ。どんな雰囲気かと不安もあったが、そこでは気軽にいろんなことが話せた。ともだち活動をするにはどこかのBBS会に入っておく必要があるらしく、孝男は社会人で構成している会に所属することとなった。担当の保護観察官からその会のリーダーに話がいっていたようで同席してくれた。

「わたしはBBS会の塚本と言います。少年とともだちになる活動の依頼は、保護観察所の場合が多いですが、家庭裁判所あるいは少年院からの場合もあります。そういうところから話が来て、非行少年たちの内容をお聞きし、どの会員に声をかけるか選定し、保護観察所へ報告・連絡します。わたしたちが勝手に動くのではありません。少年の抱えている状況に合わせ妥当と判断されると『ともだち活動』の依頼がなされます。大体は書面でなされますが、そうでないこともあります。担当の会員が決まると保護観察官、保護司、BBS会員とが一堂に会し、いろいろな打ち合わせを行います。それは、三者の〝つもり〟や思い込みが食い違いを起こさないようにするためです」

孝男はここまで聞いて、ずいぶんきちっとしている、組織で動いているんだな、との印象を持った。それはBBS会員というボランティアにお願いし、ある程度は任せるが、責任はあくまでも保護観察官が持つ、との意思の表れかもしれない。ひとりの人間を扱うのだから、そこまで慎重にするのだろう。

大体の説明を聞き、大枠はわかったように思う。ただ不安は残る。何かやってみないとつかめない。遠慮なく訊いた。

「一対一のともだちになる前に集団で何かを一緒にするとか、BBS活動に慣れる機会はないでしょうか?」

塚本の話は続く。

「入りやすいものとして、少年を対象としたスポーツ活動やレクリエーションに参加して少年たちと一緒に汗を流す、というのが一体感を育むうえでいいでしょう。あるいは福祉施設などで介護補助活動を一緒に行うこともできます。少年たちはそうした活動を通じて社会に対し貢献している意識を育てていきますし、それによって自身の価値観、立ち位置を見つけていくようです。少年たちと一緒に体験する、達成感を得ることによって、会員も目の色が変わってきます。生き生きと」

保護司が補足した。

「そう、今度植樹活動がありますので、一緒にやってみませんか。一本ずつの苗木を植え、それがやがて大きくなっていく……、楽しいじゃないですか」

こうして孝男は、ボランティア活動にはまり込むようになった。少年たちと一緒に汗を流し、介護施設へ行ってお年寄りの介護をしていくうちに、自分の補助的にしていることでも相手の喜びに変わっていることに気がついた。孝男よりも十歳ほど下のM君が、汗を拭きながら言った。

「佐々木さんといいましたね、僕、こんなにいい汗をかいたの、はじめてです。なんといっても施設のおばあちゃん、おじいちゃんから〝ありがとう〟と声をかけられたときはびっくりしました。今まで自分のしたことで、ありがとうと感謝されたことなんてなかったもん」

この少年は、他人の喜びを通じて情愛というものを経験した。孝男はまだまだ初心者ながら、この少年と共に学びあう心が生まれたような気がした。

孝男はBBS会が言ってきた活動にはできるだけ参加するようにしている。親父さんと酒井先輩には仕事の段取りなどで融通を利かせてもらっている。あるときは少年たちとソフトボールをしたり、サッカーを楽しんだり、自身にとってもはじめて打ち込むものであった。誘ってくれた人にありがとうと言いたい。そして街の美化運動でゴミ拾いをしていた時、親父さんの目に留まった。

「お、孝男、やっとるね、がんばれや」

うれしかった。

少年院から仮退院して二か月目のW君はぽつりと話してくれた。

「お年寄りのいる施設へ行って車いすを押したり、散歩の介助などをして手助けをしました。そのとき何度『ありがとう』と声をかけられたか、名前や歳を聞かれたり、僕に興味がありそうでした。終わりに言われた言葉が忘れられません。『またお願いしても断らんでくれよ』、涙が出そうになりました。こんな僕でも人の役に立てた、人から喜んでもらえた、今まで何をしてもこんなことはなかったのです。感謝の言葉がかけられるなんて」

W君の話を聞いて、孝男までいい気分になった。少しずつ社会へ戻る素地ができつつある。

BBSの活動は大きく分けて、一対一のともだち活動とグループでのものとがある。介護施設、福祉施設などでさまざまな実習・実体験を積み、時にはバーベキューをして心をひとつに作る喜び、おもいやりなどが育まれる。少年たちと良き兄・姉として一緒に喜び、悩み、楽しみを共有している。

孝男がグループワークをはじめて三月ほど経ったとき、BBS会から「ある少年のともだちにならないか」と要請がきた。いよいよきた。緊張感と同時に、グループワークで培った経験が少しでも役に立てばと思った。

2

保護観察所へ行った。新たな気持ちをいだいて。でも不安でいっぱいだ。担当の保護観察官、保護司、孝男、少年との面談のためだった。ここへ来るまでに、関係者は相当のエネルギーを使っている。該当の少年の保護者の了解、担当の保護司の了解。この保護司は当初BBS活動や「ともだち活動」への知識が不十分であった。そのため担当の保護観察官が二度にわたって説明の機会を設けている。いっぽうBBS会では、依頼元からの内容を受け止めて佐々木孝男にたどり着くまでの道程も必要だった。

担当の保護観察官から紹介された。

「こちらにいるのは、これから〝ともだち〟になってくれる佐々木孝男さんです」

少年はぺこりと頭を下げた。無言のままである。はじめてのことで緊張しているのだろう、孝男を除くと少年より相当の年長者に囲まれて、リラックスせよと言われても緊張するのは当然のこと。しばらくしてただ一言「どうぞよろしく」、それを言うのが精いっぱいのようである。言い終わった時も心なしか声は震えていた。

依頼内容はコミュニケーション力の涵養、期間はおおむね半年である。

「学校の仲間、サークルの仲間など、世の中でともだちといえば、きっかけはいろいろとあっても、自然的なものです。でも、〝ともだち活動〟のともだちは人為的に引き合わされた関係です。たとえが適切かわかりませんが、結婚相談所の行うマッチングのように。ですから当然ながら、利点、欠点もあります」

保護観察官からは、少年はかつて野球少年だったので、屋外で会っていろいろ活動する中で自由な話ができるようになるのでは、と助言があった。少年のことについては保護観察官から詳しい情報は知らされていない。提供されたのは、「和久《わく》一朗　十六歳」だけで、過去に何があったかとか余計な情報は、先入観をいだかせるとの配慮のため、ほとんど伝えられない。

だからといって少年に聞くのはよくないと思った。自尊心というものもあるだろう。自然な流れの中でそれとなく言ってくれれば良しとすることにした。これから会う場所は公園が主で、天候によっては公民館の談話室もいいだろう。野球少年だったのでそこらへんも考えよう。時間は一時間か一時間半、長くても二時間くらいで予定する。ざっとこのようなことが大枠まとまった。

早速第一回目の会う日を決めた。一朗少年はいつでもいいから、お兄さんが決めてほしいとのことで、孝男の休日に合わせた。場所は公園の木陰。当日の天候を気にしていたが、良さそうなのでほっとした。〝ともだち〟ではあっても十歳以上も離れている。どのように接していけばいいのか、孝男は戸惑いを感じる。考えたあげく、正面から目線を低く対応していくのが良いだろうと心で決めた。

少年は約束の時間より数分遅れてやってきた。

「こんにちは、和久です。今日は何をしますか」

「何か特別に得意なものはないけど、縄跳びの縄とサッカーボールを持ってきた。どっちにしよう」

和久少年はすかさず、サッカーと言った。

「それじゃ、蹴りあいをしよう」

こうしてボールの蹴りあいとなったが、孝男は歯が立たなかった。まったくボールに触れさせてくれないのだ。少年の足さばきを見てびっくりした。これはどこかでやっていたな。

「僕ね、サッカーのまねごとをするの、初めてなんだよ。いつだったかグループワークの中でしたことはあるけど、ボールをドリブルしたりすることはできなかった。初心者と同じ。一朗くん、うまいよ。どこかでやってたの？」

少年は言いにくそうにしている。

「このままうまくなれば、きっとどこかのチームからお呼びがかかるよ」

半分冗談で言った。

「お兄さん、おだてるのうまいね。僕ね、少年院で少しばかりやってたんだ。ほかにもうまいやつ、いたよ。スポーツの時間ってのがあってね」

少し自分のことを話し始めた。半時間くらいしただろうか、孝男は息が上がっている。少年の方が気をつかってきた。

「少し休憩しませんか」

渡りに船とばかりに座り込んだ。持ってきたお茶のペットボトルを少年に渡した。

「くれるの？　ありがとう」

少年のぐいぐい飲んでいる様子を見て、何か充実感のようなものを感じ入った。

「あー、旨かった。お兄さん、ありがとう」

「いーえ、どういたしまして」

二人は笑いあった。キチンとお礼を言ってくれた。この少年は〝いける〟と直感した。

そこへ幼児を連れた若い母親との遭遇があった。三歳くらいだろうか、男の子がサッカーボールを目がけて走ってきた。少年は立ち上がりその子とドリブルをし始めた。幼児はキャッキャ言いながらボールを追いかけてくる。しばらく少年と幼児との見事なボールの受け渡しに圧倒されて見ていた。母親はにこにこしながら目をあちこちへと動かせながら十分くらいしたのだろうか、幼児は疲れ、母のもとへぐったり抱き着いた。

少年は幼児が上手なので褒めた。

「この坊や、お兄さんより上手そうだね」

孝男は照れくさそうに言った。

「そんなに本当のことを言うんじゃない」

笑い声が出た。

少年にとっても楽しいひと時であったのだろう。次回会う日を打ち合わせて別れた。

一回目の少年との時間はまずまずの成功であった。担当の保護司に報告し、少年との間がうまくいきそうなのに保護司も喜びの表情を浮かべた。

「そうだ、うちにはグローブやバットなど野球の道具がある。子供二人が男の子で二人とも野球に興じていたけれど、大きくなって家を出ていった。使えるものなら使ってくれるか」

「貸してもらえますか」

「ああ、いいよ」

ということで次回会う時の道具はそろった。

それから二週間後、グローブ、ボール、バットをもって待ち合わせ場所へ行った。

「今日はキャッチボールでもしようかと思ってね。保護司さんの家にあったのを借りてきたんだ」

孝男とて久しぶりにすること、きちんと投げ、受けることができるか、不安だった。少し前にソフトボールをしたが、ほんのちょっとだ。

「はじめは近くから緩いボールで始めよう」

そうやって始めたが、二人の距離はだんだん遠くなる。それによってボールの速度は速くなる。孝男は必死で受け止めなければ追いつけない。その都度バチッという音が響く。
二、三十分もしただろうか、それとも少年の方から孝男の調子を気にしたのか、休憩を言った。
孝男の用意したジュースを飲み、ひと休み。

「あー、旨かった。お兄さん、ありがとう」

「いーえ、どういたしまして」

二人は笑いあった。しばらくぼんやりとし、最近あったことについて、あれやこれやと話し始めた。

ふと、「僕の両親は……」急に真剣なまなざしに変わった。身の上話になりかけたので、孝男は話を他の方に向けた。まだ早いだろうと思った。なんといっても二回目だし。

「そういうことは、僕よりも人生経験の長い人にしてはどうだろう。その方が適切なアドバイスをしてくれると思うよ。担当保護司さんに話してみてはどうだろう」

和久少年の態度が変わった。

「そういって僕の悩みを避ける。僕の話を聞いてくれないのなら、もう会わない」

孝男はびっくりした。いきなりもう会わない、と言われても、今日がやっと二回目なのに。

「いや、そういうことじゃなく、年配の方のほうが……」

「歳がなんだ、聞く気がないんだろ、さよなら」

言い終わるなり、帰ってしまった。

孝男は途方に暮れた。僕の対応の仕方がまずかったのか。やはり、言いたかった話を聞くべきだったか、結果的に話す気持ちになっていたのを遮ってしまった。この後どうしよう。初めての経験でいきなり悩んだ。担当の田代保護司さんに相談しよう。人間対人間、難しいなと思っているだけじゃ物事は前へ進まない。さっそく、担当保護司を訪ねた。

玄関を開けるなり、「やあ、今日が二回目だったんだね。で、どうだった?」

孝男は今日のことを報告した。借りたグローブとボールでキャッチボールをして過ごしたこと、それが終わって雑談をした流れで少年の家庭の話に入りかけた時に、「僕よりも人生経験の長い人に」と話を遮ったことで、少年の期待のひもが切れたのか、それっきり帰ってしまったこと。そもそもＢＢＳ会員は会う都度、担当保護司にその日のことを報告することになっている。

孝男は、少年とＢＢＳ会員とは上下関係ではなく、対等、フラットな関係であること、人生相談じみたことを受けるのは良くないと思っている。自分のようにまだ若いものが、ましてや経歴からいっても人の人生相談を聴く資格などないのではないか。

孝男の報告を聞いた保護司が言った。

「孝男君がまだ若いからといって、人生経験豊富な人、端的に言えば私のように長生きしているからといって常に適切なアドバイスができるとは思えない。少年にとっては孝男君なら話を聞いてくれると思ったのだから、素直に聞いてやるのがいいと思うよ。少年は心を開けようとしたんだから、ある意味、それだけ信頼されているんだよ。肩ひじ張らず普段着のままで親身になって聞いてやってくれないか。二人にはいつのまにか人間関係ができていたんだよ。彼には誰かに聞いてほしい衝動があったんだと思うよ。それが孝男君だったんだ」

孝男はじっと聞いていた。

「わかりました。次に会った時にはじっくり聴きます」

「そう、君ならじっくり聴けるよ」

「なんといってもまだ知り合って間なしだったものですから、失敗してはいけないと、そのことが前面に出まして……」

孝男は「次に会える日を調整してもらえませんか」と、自身の次の休みを教えた。少年と孝男との連絡は保護司が間に立ってすることになっている。

それから保護司が和久一朗と次の機会を設定するには多少の苦労があったようだ。保護司は一朗少年に、「孝男君は一朗君との出会いを大事にしたいがために慎重になっていた。まだ緊張していたんだと思うよ」と伝えた。保護司は彼なりに少年の気持ちをほぐすために気を付けたようだ。

そして「会ってもいい」となった。保護司からは、「こういうことは少なからずあるから気にしないように」と念を押された。

それから一週間ほどして再び一朗少年と会うことができた。

「お兄さん、この前はすみませんでした」

「いやいや私にも至らないことがあって、なにしろ〝ともだち〟になるのがはじめてなんで……」

相手から下手で来られるとこちらも優しくなるのが自然。この日に向けて保護司さんの家にあった野球のグローブやバットを借りたままにしている。ボールはスポーツ店で買ったものだ。

二人は交替で素振りをし、あるいはキャッチボールをしたりして野球のまねごとで楽しんだ。

半時間もすると孝男には疲労の色が見えてきた。日常の仕事でも体を動かし、鍛えているつもりだったが、キャッチボールとは使う場所が違うようだ。

和久は孝男の汗の出方で見抜いた。

「お兄さん、本当にやってなかったんだね。僕もしてなかったけど、兄さんの方が堪えているみたい」

呆れとも思いやりとも取れる言い方をしている。

「お兄さん、いつも何してるの」

「僕はね、豆腐を作っている。あの白い、つるっとした舌触りの良いのを……」

一朗少年は孝男の内面に入ってきた。

「僕、豆腐好きだよ。うちのおばさんに言っとくよ。お兄さんのところで豆腐は買うようにって」

「お母さんはいないの？」

「早くに死んだらしいんだ、僕が二歳くらいのときに。しばらくはお父さんひとりで育てていたらしいんだけど、新しい女の人のもとへ行き、父のいなくなった僕はひとりぼっちで泣きわめき、伯父夫婦のところへ引き取られたらしいんです。何も知らない僕は大きくなっても伯父夫婦が父と母だと思っていた。不幸は重なるもので、ある日、車で遊びに行った帰り、事故にあって伯父夫婦は即死、かろうじて僕だけが助かった。誰も頼る人がいなくなり、児童養護施設に入れられ、育ったんだ。少し大きくなって思ったのは、あの時一緒に死んでいれば苦労せずにすんだのに、とか……」

孝男は「そんなこと考えたら駄目だよ」と言いかけたが、少年がその時どんな精神的状況だったか、どれほど苦しんだか、わかりもしないのに簡単に言うのは無責任だと思った。

話の途切れた間、二人は遠くにいる子どもを見ている。

少年はポツリと言った。

「いままでこんなこと、誰にも言ってないんだよ」

静かに聴いていた孝男はやっとひとこと言えた。

「わかった、一朗君のこと守るよ。一緒に考えよう」

「お兄さん、頼みます」

孝男は今日会って、まさかこのような展開になるとは思いもかけなかった。

人にはそれぞれ他人に言えない人生、秘密を持っている。この少年にもあった。無理して引き出させるのはよくない。少年は続けた。

「児童養護施設へ入れられたのは五歳。いろんなことがようやくわかりかけてきた頃。警察の人は事故現場から動かなくなった伯父と伯母を出し、どこかへ連れていく。僕を乗せた車も追うようについていった。その間、ついさっきの事故の様子が思い出され、大声で泣き叫んだのを覚えている。お父さん、お母さんはどうなるんだろう。早く帰ってきて僕を抱いてほしい、遊んでほしい、ただそれだけだった。でも現実はすでに亡くなっていたのに、子どもの理解力では追い付かないことですよね」

その時の情景が孝男にも伝わってくるようだ。

それから一朗が覚えているのは、葬儀の準備のせわしない光景。何のことかわからず、動きまわる人たちを見守っていた。幼児がひとり、ぽつねんと置かれているようだ。あるおばさんはこの子が泣かないように気を遣っているのがわかる。おもちゃになりそうなものを与え、おやつを食べさせ、あやしている。それでも疲れたのか、昼寝に入った。起きて周囲を見ても、お父さんもお母さんもいない。今までこんなことはなかった。常にだれかがいたのに。

「お父さん、お母さん、どこにいるの……」

大きく泣き喚いた。知らないおばさんが言った。

「お父さん、お母さんは、天国へ行かれたんだよ」

そういわれても子どもにはわからない。

「天国ってどこ？　僕も行きたい」

おばさんはただあやすのみで、語るべき言葉は見つからない。

一朗が言う。

「僕は二度、父と母を失ったんだよ。二度も……」

孝男は泣かずにいられなかった。

翌日、告別式が行われた。祭壇の前には父・母二人の写真と棺が並べられている。親族は泣きはらしている。やがて二つの棺は車に乗せられてどこかへ行った。それが何だか、五歳の子にわかるはずもない。何時間かして車が戻ってきた。車から降りた人が、白く包まれた箱を二つ持って。あれが両親の遺骨なんだとわかるまでにはそれなりの年月が必要だった。

「それから児童養護施設で育てられ、小学校のころふとしたことで良くないことを覚えたんです。なにかあると一瞬にして起こったあの事故のことが思い出され、人間、いつなんどき不幸が襲ってくるかわからない、そんな不安感にいつもさいなまれていました。不安は津波のように襲ってきたり、引いたりして、心は揺らいでいました。どうしようもなく怖くなって、そのたびに両手で頭を抱え、苦しんでいました。そんな姿、他人にはわかりませんよね。

小学校五年のとき、少し離れたところにある大きな団地の薄暗い自転車置き場に中学生くらいの少年がたむろして騒いでいました。五、六人くらいだったかな。ほとんどがタバコを吸っていました。そこへなんとはなしに引きずりこまれるように寄り道した僕は、中学生たちから誘われるままにタバコを吸いました。はじめはむせてとても吸えず、苦しみました。その日は施設へ帰ってタバコを吸ったことがばれないかびくびくしましたが、何とか受付の人に見つからないよう潜り抜けることができました。

それから三、四回経験した頃、帰って部屋へ入るとき、施設の管理人さんに気づかれました。何かおかしいと別室へ連れて行かれ、問い詰められ、あげくの果ては児童相談所へ通報され、そこでも詳しく問われました。

それだけですめばよかったのに、中学生のグループからは近くのコンビニからお菓子、飲み物などの万引きをけしかけられました。施設へ帰っても心を許せる人はいないし、楽しいこともなく、ただ毎日を過ごすだけ。何か変化が欲しかったのかもしれません。四回目くらいのとき、その店長さんに見つかり、追いかけられ、アルバイト学生に怪我を負わせ、捕まりました」

その後少年審判にかけられ、未成年者による喫煙、窃盗、傷害等の罪名がつけられ、少年院への送致処分が下されたのだという。

孝男はここまで聞いて、一朗君に悪いところはない、と感じた。すべては交通事故で養両親を同時に亡くしたことで、人間としての素直な成長が妨げられたことに起因する。一瞬にして可愛がってくれていた養両親を亡くしたショック、心の疵は、人生に大きなトラウマとなっているだろう。

これからどうしようと考えていた時、一朗が声をかけてきた。

「お兄さん、もう二時間、とっくにすぎているよ。ちょっと話しすぎたかな」

「いや、ありがとう。いろいろ考えさせられるよ」

そんな単純なことではないのだが。

「次回も道具、いろいろ持ってきてね。バイバイ」

和久一朗少年とは心地よく別れた。

孝男は一人の人間として何も知らない保護観察中の少年とかかわることの不安、悩みをもっている。当然のことである。予期せぬことがおこった時の対処、おろおろすることだろう。相談相手の保護司はそこにはいない。未経験ではあっても責任と義務が伴ってくる。生半可な気持ちで〝ともだち活動〟は引き受けられないことを学んだ。でも、更生したい、早く社会へ出たいと願う保護観察中の彼ら・彼女らを放っておけない。孝男は自身のたどってきた道をふり返り、頭を悩ませている。

3

孝男には今は千里という妻がいる。息子に対する変わりない愛情を注いでくれている父がいる。小市民的幸せ感をもって毎日を過ごしている。家族のぬくもりがいかに大事か、身をもって感じる毎日だ。

和久少年の養両親が生きていれば、喫煙事件はなく、もちろんコンビニでの窃盗、傷害事件も起こすことはなく、平凡な若者として生活を送っていただろう。あるいは、孤独な少年をもっと社会で温かく見てやれば、違った状況になっていたかもしれない。

保護司の家に行った。今日、一朗少年が話してくれたことをかいつまんで報告した。彼は耳をそばだてて聴いていた。

「そうか。やはり彼の場合は、目の前で両親が亡くなったことがいつまでも心理的傷害として残っているんだな。それにしても、わたしではなく佐々木君に胸の内をさらけ出したこと、それだけ信頼しているんだね」

玄関先のまま、孝男が立って話していることに気づいた。

「あぁ、悪かった。ずっと立たせたままで。上がってお茶でも飲んでくれるかね」

茶と菓子が運ばれてきた。菓子を食べながら保護司は続けた。

「こないだから気になっているのだけど、一朗君の今いるところ、二十歳になるまでで出なけりゃならんのだよ。協力雇用主と相談してどこか部屋付きの仕事がないかと思ってね。近いうちに一朗君とも話そうと思う。何か希望とか考えていることがあるのか、とかね。まず保護観察官と相談してみるよ」

「ありがとうございます。わたしも和久君のこと、少しでも良くなるよう願っております。自分自身、協力雇用主の藤井さんの好意で仕事に就くことができました。ただ、これは本当に幸運なことで、まだまだ前科を持っているものに対する偏見があり、協力雇用主としてひと肌脱いでやろうという方は少ないですよね……」

「付き合ってみれば、ごく普通の若者なのにね。彼らはひょんなことで少年院などのお世話になったが、根はそこいらにいる少年たちと変わらない。普通の若者なんだよ。世間では非行少年というけれど、根っからの〝ワル〟なんてごく一部だ。非行少年は必ず立ち直れるとの信念を持っているよ」

年齢的にはひと世代以上も隔たっているこの保護司と孝男が、一朗をきっかけに気の赴くままに話し込んだ。時間はどれくらい経ったのだろう、玄関を開ける元気な声がした。小学生と幼稚園児が二人、元気がいい。その後ろに母親がいる。

「あ、お客さん？」

上の孫がびっくりしたように言った。

「あ、いいんだよ。もうじき終わるから」

孫の元気な声と姿に接し、顔は大いにほころんでいる。まさに〝孫とおじいちゃん〟だ。

保護司は申し訳なさそうに言った。

「こういうことになったんで、話を中断させてすまないね。また近いうちに会おう」

何か余韻を残したように見送った。

それから二週間ほどして保護司から来てほしいとの連絡があった。

「いや、この前はすまなんだ。予告なしの孫の訪問で話を折ったりして。ま、お茶でもどうぞ」

今までの経験から言えば、「ま、お茶でも」と勧められると何かまとまった内容のある時だった。宮城弁護士の場合も同じ光景が見られた。

「和久一朗がどこか住み込みで手に職をつけられるところはないかと探していた。保護観察官や協力雇用主も尽力してくれた。手に職をつけられれば、それなりに生活も安定する。しかし、駆け出しのころは待遇はよくないかもしれん、もっぱら教わるのみだからな。保護観察官から私の方へ話が持ち込まれ、いろいろと検討し、一朗君に話した。しばらく考えていたが、お願いしますと応えてきた。そこは福井の越前市で、染色というか捺染《なっせん》をしているところだ。そこへ行けば、かつての不良仲間と会うこともなく、もっぱら文様を印刷する、布地とデザインとの対話の繰り返しだと思う。そういえば前に彼と話し込んでいるとき、絵に興味のあるようなことを言っていたのを思い出してね。そこは今の職人もそうだけど、次代を担う後継者を育てたいと願っているようなんだ。こないだ、わたしは和久を連れて面談に行った。作業内容を食い入るように見つめ、興味を示していた。社長さんは和久の好奇心を気に入ってくれた。部屋も用意してくれるとのこと、三食付きで」

「そうですか。なんといっても一朗君が興味を持ち、気に入ってくれたのは何よりです。きっと頑張ってくれるでしょう」

「佐々木君には〝ともだち〟としてお世話になった。和久君の胸に思い出として残っていると思うよ。お礼申し上げる。和久は行く前に一度佐々木お兄さんと会っておきたいと言っていたのだが、少年院との関係、今入っている施設の後始末等々あって日程が取れなかった。わたしもなんとか、と思ったんだが、残念に終わってしまった。すまない」

言うなり頭を下げられた。こんな年長者から頭を下げられたのははじめてだ。

「いえ、そんなに頭を下げられて、恐縮です」

しばらく思い出話に浸った。

「それじゃ、僕は〝ともだち〟としてお役御免ということですね」

「ま、そういえば身も蓋もない。何回かともだちとして一朗君と過ごしてくれた佐々木君には感謝している。きっと一朗君も同じ思いだと思うよ。ありがとう。これからもいつ頼むかわからない。その時はよろしく」

非行の再犯を防ぐのに必要なことは、「居場所」と「仕事」を保証することであると言われている。一朗は今回この両方が得られることになる。こういう例は少ないらしい。うまくいった例だ。一朗のために多くの人が努力してくれた。それは彼もわかっていることだ。

こうしてともだち活動の終了となった。ひとりの少年と何回か会って話すことにより、あたたかな風を少年の胸に届けられたのならうれしい。

一朗の生い立ちを聞いて、自らを重ね合わせて考えたこともあった。新しい階段を上っていく少年にエールを送りたい。と同時に、少年とはいえ、異なる人格と交わっていくことの難しさを味わった。

一朗はほんの小さい時から孤独な生活をしてきた。それにひきかえ、孝男には両親がいた。いつも孝男のことを第一に考えてくれる両親が。

これからは捺染という目標ができ、色彩とデザインが人生の潤いにもなるだろう。越前は漆工芸も有名だ。いろいろと興味をもってくれたらうれしい。そして新しい人たちとの出会いを繰り返すことだろう。かつて少年院にいたことが時の経過とともに昔のこと、忘却へと導かれていくのを期待している。

孝男にとって和久一朗は、ＢＢＳ活動で知り合った〝ともだち〟の一人目だった。ぎごちない対応もあったことだろう。あのときこうしておけばよかった、と思うことしきりである。自分の気持ちが伝えられなかったかもしれない。

一朗にしても、本当のお兄さんではない孝男に、〝ともだち〟として心を打ち明けられただろうか。遠慮の意識が少し見られたが、やむを得ないことである。心を許しあうには時間が必要だ。

しかし、遠くへ行ってしまった。もう会えないとわかると切ない感情が滲み出てくる。会ったそれぞれのときのことが思い出される。短期間ではあったが、充実した時間であった。きっと立派な捺染職人になってくれることだろう。期待している。いつしか年月が経って、二人で過ごした幾日かのことを話し合える日が来た時、できたら本当の兄弟のような雰囲気で話すことができれば……。今は彼が一日も早く捺染職人として成長していくのを夢見ている。

4

ＢＢＳ仲間からある会合に出ないかと誘われた。行ってみると、全部で三十人ばかりがわいわいがやがや、三人、四人とかたまっている。

会は「ＢＢＳの歌」の合唱で始まった。孝男は初めて聴いた。明るい調子で歌いやすい。歌詞を見ながら口をパクパクしていると、女性会員で歌のリーダーが孝男の前に来て手で合図したり、新入会員への指導に余念がない。特に三番の歌詞が気に入った。

ＢＢＳの歌　　　　　　作詞：羽柴 達、作曲：島崎一郎、編曲：古関裕而

（3）淋しい弟　妹よ
きっとのばそう　君達の
生命のめばえ　すこやかに
誓う心に　血が通う

会の趣旨はグループの経験交流である。最初に司会者から念を押された。

「これからの事例発表では、趣旨を生かしつつも、個人が特定できないことや、思い切った改変をしていることもあること、お許しください」

発表されているのは、どちらかと言えば成功例のようなものが多い。かっこいいことの羅列、と言えば反発をかうかもしれないが、今後への参考になるものが欲しかった。そういう意味では孝男にはちょっと物足りなかった。もっとこうしておけばよかったと思うことの事例が聞きたかったのだ。そんなのはなかなか言いたがらないだろうし、失敗例なんてものは見つけにくいも

のだ。

そんなことを思いながら聞いていると、最後にいくぶん小さな声で話した青年、時には聞きづらい時もあった。人前であまり言いたくない、との意識が如実に表れている。

「僕が担当したM君のことをお話しします。彼についても保護観察所からは非行内容をはじめ、名前と年齢以外は一切知らされませんでした。M君にとっては僕が最初ではなく、前の人とは相性が合わなかったみたいです。今日、その人が来ておられるかもしれません。保護司さんからも前の人とどうして相性が合わなかったのか、何ひとつ説明がなかったのです。世間でいう引継ぎのようなものもなく、一からのやり直しでした。

彼とは今まで五回会い、笑い合いながら楽しくやっています。前の人だったらこんな時どうしただろうかと考えながら、人間と人間のぶつかり合いです。何が正しく、何が良くない、ということではありません。反対に二年前、わたしが〝ともだち〟になっていた少年は離れ、少年と僕の心を傷つけないような配慮をして円満に別の担当に移っていきました。

こういうふうに、BBS会員と対象の少年は、必ずしも相性がいいとは限らない難しさがあります。これは経験を積んでいかないとだめなのか、経験を積んでも合わない時は合わないのかもしれません。……なんかわけのわからないことで、すみません」

孝男には、この青年の話が印象に残った。

正月、保護司、協力雇用主、ＢＢＳ、保護観察官など合同の賀詞交歓会が行われた。「官」と「民」との合同新年会で、更生保護に関係するあらゆる立場の人が一堂に会した。予定されていたよりも多くの関係者が集まり、圧巻の雰囲気を醸し出している。

開会式の後、保護観察所の所長挨拶があり、各団体の挨拶が続いた。回りくどい挨拶は誰も聞いていていない。それより眼目は、普段は顔を合わすことのない仲間たちと本音で語り合うことであった。正式の場では言いにくいことを、少しはアルコールの力を借り、だべりあうことである。胸につけている名札は、それぞれの立場を色で識別できるようになっている。保護司は青色、協力雇用主は黄色、というように。

保護司歴十数年の富井清は、誰か話せる人はいないかと方々に目を向けている。協力雇用主から保護司になってまだ日の浅い豆腐店店主の藤井和夫が近くにいた。目があった。

「やあ、藤井さんじゃないですか、藤井さんと言えばおいしい豆腐がまず頭に浮かんできます。家内がわざわざ自転車に乗って買いに行きますよ。保護司にはいつからなられました？」

「私はまだ新米で、あの幼稚園長をしていた山田幸仁さんの後任ですよ」

「そうですか、あの山田さんね……。何か深いご事情があったようですね」

「ええ、山田さんについては、うちの若い者と関係してましたから。無関心ではおれません」

「人間、一人ひとりみな違う人生を歩んでますから、人と接するのに〝定石〟というものはありません。みな、それまでの経験の応用です。難しい、複雑な問題をいかに解きほぐしていくか、何とか研究会とか、発表会とかではうまくいったことが取り上げられますが、あたかも模範解答のように言われます。でも、実際はそういう場には出ないものが隠されているんじゃないかと、この頃思うんです。先日、私たち保護司にとっても看過できないことを聞きました」

「ほう、興味がありますね」

「その人はMさんとしておきましょう。保護司になって十年ほどとか、ご家族は奥さんと娘さん、息子さんの四人です。Mさんが保護司を始めたきっかけは、町内会の世話役から町会長をして、近所でも世話好きのおじさんでとおっていたそうです。ある日、保護司になってくれという話が来て、奥さんと相談したそうです。奥さんは保護司の何たるかを、具体的にどんなことをし、少年院から出てきた子どもの面倒を見ると言ってもまだその内実がわからなかったそうですが、話の流れでとうとう引き受けてしまったというのです。その奥さんが言うには、少年の様子を見たり、職探しのため協力雇用主さんのところへ出向いたり、保護司になってよく歩くようになったと。でも具体的にどのようなことをしているのかについては一切言ってくれません。ときどき面接する少年がうちに来て話しているのをちらっと見るのみです。あるとき、奥さんはMさんにいったいどんなことをしているのか聞きました。すると、守秘義務というのがあって言えない、秘密を守ることによってこの仕事は成り立っているんだ、と言われたそうなんです。奥さんは、『対象少年との面接場所には私たちの家の玄関ですることが多く、自分は、話の内容はできるだけ聞かないようにしています』と言っておられました」

藤井はM家の様子を想像しながら耳をそばだてている。

「ある日のことです。例によって保護司と少年との面談、穏やかに話しているなと思っていたところ、少年の声が急に大きくなったんです。びっくりしました。どうやら金を貸してくれと頼んだのに、保護司は応じなかったのが顚末のようです。声はだんだんと大きくなり、『お前の家には娘がいるだろう、どうなってもいいのか』と。保護司は必死になってなだめ、やっとおさまりました」

周りにいた者は背筋の寒くなるのをおぼえた。

少年が帰って奥さんの詰問に答えるのは苦しかったという。仮退院中の出来事であり、微妙な判断が迫られる。

少年はかつて末端の暴力団組員だったという。こればかりは保護司が家族にどうしても言えなかったそうだ。

その晩、M保護司は家族の揃った際に妻から言い渡された。

「お父さんの、社会のために役立ちたいという気持ちはわかります。けれども家族に怖い思いをさせてまですることではないと思います。お父さん、今日限り、保護司を辞めてください」

妻、息子、娘、三人そろって訴えられると考えざるを得なくなった。その晩、保護司は家族を説得する方法はあるのか考え続け、眠れなかった。

翌朝、事態は進んだ。ひと言、宣告された。

「お父さんが辞めないなら。こちらにも考えがあります」

ついに折れた。保護観察所へ電話し、辞職する意向を申し出た。

保護司にとって、家族を説得できなかったはがゆさ、と同時に大切な家族を守らねばならない責務とが混じり、苦渋の判断だった。筋を曲げずに生きていくことの難しさが身にしみた。

……新年賀詞交換会、アルコールが入り、楽しいはずの場が、ここにいる三、四人は楽しくはならなかった。酔いは吹っ飛んでしまった。

保護司は、家族の理解、支援なしには決して長続きしないこと、決して生易しい考えでできる仕事でないことはあきらかだ。

いつ自分たちの身に降りかかるかもしれない。肝を据えてやらねばならないと再認識した。

5

世の中では犯罪や事件が後を絶たない。強盗、窃盗、薬物、傷害、殺人等々数え上げればきりがない。人間社会はまるで、犯罪がないと成り立たないのではないかと錯覚を覚えたりもする。新聞やテレビは事件を追うことに暇《いとま》がないようだ。しかし、その一方で、犯罪を無くそう、減らそうとの努力も払われている。一度は非行に走った少年たち、まだ人生の大半を残している若者たちを更生させようとの取り組みも行われている。

先に和久一朗と出会い、ともだち活動を通じて、心を打ち明けあおうとしたこともあった。すぐに効果は出ないのかもしれない、今は紹介された捺染の仕事場で元気に過ごしていることだろう。一つの技術を習得するのは安易なことではない。まして何百年と継承されてきた伝統技術なのだから、多くのことに耐えながら身につけていくことになるのだろう。

ある日孝男は、仕事帰りに田代保護司とばったり出くわした。年齢的には老境に入っているが、元気そうだ。

「ご無沙汰しています。お元気そうで何よりです」

「あ、ちょうどいいところで会った。ちょっと話があるんだけれどいいかな」

家へ案内された

「いやね、保護観察所から話があってBBSとも相談したんだけど、〝ともだち〟になってくれる人を探しているところで、向くような会員が見つからなくて。今度の少年は少年院に二回入り、一回は脱走して警察の力を借りて身柄確保したというわくつき、もうじき仮退院を考えているようだが、どのように保護観察を行っていくか、そしてどのようなBBS会員を充てるか、保護観察所内部でのマッチングのための打ち合わせが行われたらしい。そして佐々木孝男くんにどうだろうか、引き受けてくれるだろうかと、打診があってね。決まり次第、仮退院になる予定らしい」

話しながら孝男の様子を伺っている。

「ま、この饅頭、旨いので食べながら考えてよ。いや、別に饅頭でごまかそうなんて思ったりしてないからね」

二人は笑いあった。孝男は真顔で応えた。

「そんなこと、わかってます」

でも、この話にはどんな想いが詰まっているのか探りたかった。食べ終えて二杯目の茶を頼んだ。上品な甘さがある。できるなら持って帰りたいくらいだが、さすがに遠慮した。

出された深緑の茶には人生が詰まっているように思えた。コーヒーではこのような充実感には浸れないのかもしれない。そうこうするうちに断りにくく誘導されているのに気がついた。マッチングのための会議はいろいろと気を遣うようだ。生身の人間にかかわることだから。そして決心のときが来た。

「なんとか、やれるだけやってみます。応援、お願いします」

二週間後、関係者との顔合わせ、打ち合わせとなった。今度の少年は阿部正雄、十八歳。知らされたのはそれのみ。それ以上の情報は教えてくれない。活動目的は健全な人間関係の構築を学ぶこととされている。

孝男は緊張してその場に臨んでいる。阿部少年はどうだろう、過去に少年院を脱走したことがあるという、しかし、関係者は誰もそれを口にしない。いや、意識して口から出さないようにしているのだろう。少年院の係官も来ている。この会のまとめ役はもっぱら統括保護観察官が行っている。

「阿部さん、ここにいる佐々木孝男さんが今日から〝ともだち〟として付き合ってくれます。年上のともだち、お兄さんと思っていただければいいです。佐々木さんは普段仕事をなさっていますから、会えるのは月に二、三回くらいになるかと思われますが、そこのところは保護司さんも含めて相談してください」

阿部はともだちになれと言われても、急なことで何のことかわからない。どうなることかと不安な気持ちになっている。押し付けられたような〝ともだち〟にどう反応すればいいのか、すぐには理解できない。

統括官が阿部に向かって「何かあれば……」と問いかけようとすると、

「いえ、なにもありません」

いくぶん、ぶっきらぼうである。

孝男は過去に一度ともだち活動を経験したとはいえ、生身の人間、その時の経験を援用するのでなく、まっさらの気持ちで接していこうと思った。いや、そうしなければならないだろう。

「それでは最初に会う日時など具体的なことは、田代保護司さんと打ち合わせてください」

統括官は場が緊張しないようにと配慮し、にこやかに進めていたが、実際は全員、不安な心をいだいている。特に少年院の係官は、脱走経験者を押し付けるようで浮かない顔をしている。少年院にいる間に適切な矯正教育、更生に向けての教育が施されてきたが、一瞬の過ちで非行を犯してしまった。

孝男は、必ずや立ち直れるとの自信と確信とを持つこと、と教えられたことを思い出した。そして、阿部少年のためにやろう、との気になった。

会合は終わり、田代保護司、孝男、阿部少年の三人で二週間後に保護司宅で会うこととなった。孝男は来るときはバスであったが、帰りは徒歩で帰るようにした。これからどのように進めていこうか、さまざまな光景を思い浮かべながら。歩いているといろんなものが浮かんでくる。阿部少年に関する情報は今度も名前と年齢のみで他のことは全く知らされない。提供されない。だからといってこちらから聞き出すのは良くない。そのうち少年が言おうと思えば言ってくれるし、いつまでたってもわからないこともある。詳しくわからなくても心で通じ合えることもある。今度もそういう考えでいこう。こちらが心を開けばそれに応じてくれるだろう。もっぱらそれに期待して。

第一回目の日になった。少年はすでに保護司の家に来ていた。

「やあ、こんにちは、待ちましたか？」

明るい笑顔でまずは迎えた。

「はぁ、さっき来ました」

保護司は二人のぎごちない様子を察知して言った。

「こんな年寄りがいたのじゃ、若いもの同士の話もできないだろう。どこかへ出かけるかね？」

それを受けて孝男は誘い水を向けた。

「どこか良いところ、知ってる？」

「そうやね、公園の日陰で将棋をしたい」

「あぁ、将棋をしたいんだ、強いの？」

「強くない、下手。だけどしたい」

そのやり取りを聞いていた保護司は、

「そうだ、孫が来た時に一緒にするための折り畳み式の盤がある。それを使えばいい」

盤、駒とお茶のペットボトル二本を持たせてくれた。

公園までの道では、話しかけても無視されているように感じるときと、饒舌に話すときとがあった。孝男はそのどちらにも注意を傾けながら、時には顔をみたりして歩を進めている。ときに無口になってもあせらず、何か返してくれるのを待っている。

公園に近づいてきた。

「あそこにベンチがある。ちょうど日陰だ。まるで僕たちを待っていたようだね」

「お兄さん、将棋はよくやるんですか」

「たまにやる程度、父と休みが重なるときだとかにね。親父も僕も初心者の域を出ていないんだ」

素早く反応してきた。

「お父さんがいるんだ、いいな」

この少年には、少年院を出てもお父さんと呼べる人はいないのか……。いつ頃、どうしたのかわからない。でも肉親との触れ合いが少ないこと、彼の成長に何らかの影響を及ぼしているのかもしれない。気を付けていこう。

阿部少年は照れながら言った。

「僕はね、時どき言われるんだ。お前の将棋は〝へぼ将棋、王より飛車をかわいがり〟という諺をそのままいってると。はじめは誉め言葉かどうかわからずにただ聞き流していたけど、あるとき、本当の意味が分かって、それってバカにされているんだと気がついたよ」

孝男は自分にもそういう時期があったことを思い出した。王より飛車を大事そうに思っていた時期。初心者の頃は誰でも少しはその傾向にあるが、少年から言われるとこそばゆい気がする。弱いけれど将棋をしたい、孝男も一緒だった。どこか将棋の魅力にとらわれているのかもしれない。碁やチェスとも違う将棋独特の面白さがあるのだろう。

ベンチに盤を開き駒を並べた。阿部少年はひと駒ずつ丁寧に並べている。少年はふと思った。少年院にいるころ、監視のないところで楽しく遊ぶなんてこと、できなかった。考えられなかった。それがいま、誰かは知らない他人の兄さんと出会い、公園のベンチで将棋をできている。

「それじゃ、いくよ。弱いもんから先に行くんだよね」

少年はあたかも自分が弱いものと決めつけているようだった。

「まだ一回もしていないのに、どちらが強いか、弱いかわからないじゃないか」

少年は何かを達観しているように言った。

「僕には空気で分かるんだ。こうして向き合っていると、どちらが強いか……」

「そんな見分けられる能力を持っているの？　すごいじゃない」

孝男の言うことを無視して、

「それじゃ、いくよ」

先手のうった手は5四歩、意表を突いた手、中飛車かと思った。孝男が今まで対局した相手で、最初にいきなり中飛車を意識して打ってきたのは初めてだった。

それからは一進一退を続け、形勢は孝男に有利になった。阿部少年にはそれまでに明らかなミスが二、三回あった。孝男は考えた。ボロ勝ち、一方的な勝ちは避けよう、できるなら最終局面で〝一手差〟で決着をつけられないかと思った。相手が負けたとしても、大差で負けたとなると自尊心にキズがつく。今までの駒の動かし方で孝男の方が少しは強いことが分かっている。少年も気づいているだろう。しかし、少年に悟られないように持っていくのに苦心している。ようやく決着した。少年は感想を漏らせた。

「あーあ、惜しかった。あそこでミスしたことはわかったんだ。けど、前に言われたんだ、〝待った〟をすればその時はいいかもしれないが、たとえ勝ったとしても後味はよくないものだってね。待ったをして勝っても、それは本当に勝ったのではなく、おまけで勝ったに等しい、と。チョンボをしたとき、その言葉を思い出した。だから僕、悔しかったけれど待ったはしなかった」

「阿部君、立派だと思うよ。失敗してもその都度やり直せるとは限らないもんな」

少年はさっと様子を違えた。

「将棋をして疲れた。サッカーをしようよ」

「よし、やろう。ボールを持ってきてたんだね」

平日ということなのか、人はほとんどいない。端っこで幼子と母親が遊んでいるくらい。ボールを袋から取り出すや、早速ドリブルに入った。孝男もドリブルをしようとしたが、少年がずっと保持し続け、孝男には回してくれない。取ろうとしても阻まれる。少年の方が一歩も二歩も上で実力の差はあきらかだ。こういうのは若いのに限る。孝男はすでに三十になっている。片や少年は十八歳、ひと回りの肉体的年齢差や瞬発力はどうしようもない。

予定時間が過ぎている。少年から今日の感想が聞けた。

「今日は久しぶりに将棋ができ、ドリブルもできた。こういうことはなかなかできないから、うれしかった。ありがとう」

ふたりいっしょに汗を流せた喜びはひとしおだった。こんなに礼が言われるとは思ってもみなかった。しかし、次に出た言葉にはびっくりした。

「でも、お兄さん、将棋をしているとき、手を抜いたでしょう。僕があまりボロ負けしないようにと思って」

急所を突かれて、ギクッとした。汗が出た。

「わかるんだ。今までさんざん痛めつけられたから、人の心がわかるんだ。上に立つ人が何を考えているか」

「いや、別に手心を加えたのじゃなく……」しどろもどろに聞こえる。

「いいんだ、すんだことだし、今度から力いっぱい出してほしい。いままで力を抜いて勝負されたことなんてなかったから、一人前に扱ってくれていないなと思って悲しいんだ。変な心は起こさないでほしい」

孝男は間違った同情心を出したのではないかと思った。少年は見事に見破った。ゲームにしろ、強い弱いにかかわらず、全力で向かっていくこと、それを人は見ている。〝ともだち〟の相手方、たとえ年少ではあっても見ているのだと感じた。力を抜く、それは間違った同情心であることに気がついた。少年から教えられた。

阿部少年と別れて田代保護司の家を訪問した。今日のことを脚色せずに話した。聴いていた保護司は考えるように言った。

「彼の環境のことを考えると、あまりボロ勝ちをすると意気消沈させるかと思うのは自然かもしれない。これも人によるのだが、手抜きされているとわかると、自尊心を傷つけられたと思うかもしれないし、何も心にとめない人もいるだろう。また相手が自尊心をひけらかせているのかもしれないし、難しいね。わたしは将棋をあまり知らないが、孫が来た時にする程度で、孫が覚えたての頃なんか、二歩はするし、待ったはするし、何でもありだった。もっぱら孫の遊びに付き合っていたもんだから」

孝男にも思い出がある。覚えたての頃、よく縁先で指したものだ。父は手抜きをしていた。孝男が勝てないと泣いていた頃、遥か昔を懐かしんでいるようだった。親子二人で指した将棋の思い出は色あせない。縁先、まさに縁先という世界がそこにはあった。そこで繰り広げられた親子の情景がある。

いつのまにやら雑談に移っていた。大事なことを忘れていた。

「あ、それから次に会う日時のことですが、わたしの休日は、二十日と二十四日ならいいです」

「それじゃ、そのどちらかで相談しておくよ」

田代宅を辞去した。

そうだ、思い出した。千里から頼まれていた晩の食材を買うのだった。急いでスーパーへと向かった。


一日一日が静かに去っていく。孝男はBBS会員として見知らぬ少年と〝ともだち〟になっていく。相手は非行少年だ。まだ若い。しかし、何らかの非行をした少年たち。それを社会で包み込み、更生させようとする活動だ。孝男がかつて先輩の保護司から聞いた言葉、「人は変われる」。これは更生保護の基本的精神らしい。何らかの理由で一度は良くないことにはまっても、周りの大人たちが目を配り、温かく接すればきっと良い方向へ向けさせることはできる、確かな確信をもてば、少年の非行は少なくできるのだということ。それを孝男も心に持ち、ともだち活動に従事していく指針としている。

阿部少年と会ったのは前回から三週間が経っていた。

「やあ、久しぶりだね、元気にしてた？」

「うん、元気だった。お兄さんは？」

「僕も元気だった。特に変わったことはない」

何もないことが良いことのように思える。

ふたりはそれぞれに道具を持参している。少年はサッカーボール、野球のグローブとボールを、孝男はグローブとボール、そして家にあった愛着のある将棋盤。身近にあったものを持ち寄った感じだ。

「なにをしようか、天気もいいことだし、サッカーでもよし……」

少年は前の雪辱を果たしたいのか、孝男が小脇に抱えている将棋盤を見て、

「将棋をしよう。今度は真剣勝負で」

この前のことがある。もう一度挑みたかったのだろう。

勝負の幕は切って落とされた。一進一退、意外にも少年の強いことが分かった。侮れない。となるとこの前の勝負は何だったんだ。もう「待った」はしない。二歩などの反則もしない。正々

堂々としている。

「阿部君、思っていたより強いじゃない。この前は角を隠していたな」

「えへへ、この前終わってから三週間、知り合いの強い人に猛特訓を受けたんだ。その人に聞かれた。『本当に強くなりたいの?』と。『はい、強くなりたいです。ある人を負かせたいのです』『よし、それじゃビシビシやるぞ』と言われて毎日毎日、短時間ずつではあってもご指導を得ました。ただひとつ兄さんを負かすために」

「そうか、しばらく会わなかった三週間に、僕を負かすという目標のために頑張ったんだな、すごいね」

勝負は少年の勝ちとなった。もう一局したが結果は同じ。今日は孝男がしゅんとなる番だった。でも思った。この阿部少年には見込みがある。これと決めれば集中力は十分に備わっている。これは何をしていくにも大きな利点だ。

普段は介護施設の仕事をしているという。年齢的には親以上の方を介護しており、その中で日常的に、今日、おとといとここであったことだけでなく、今までの人生だとか、喜びや悲しみなどを聞かされるそうだ。そのどれにも真剣に耳を傾けているようだ。

ともだち活動をはじめてすでに月日は経ち、二人は時に胸の内を語れる間柄になっていた。それでも話の内容は無理に引きだすのではなく、自然の流れに任せた。その多くは公園のベンチでの、ぼそぼそとした会話である。この活動を通じて言えるのは、聴き上手になった気がする。

「僕が少年院に収容されるようになってすぐのころは自暴自棄になったりもしました。なんでこんなところに入れられねばならないんだ、反抗的になったりもしました。院でいろんな人に出会ってきました。なかにははじめから反抗心を起こさすような教官に出くわし、暴れまわったこともあったんです。でもいい教官もおられました。院では学校と同じような教科の勉強がありました。と同時に将来、外に出てからすぐにでも役立つ仕事に就けるような訓練もありました。そこでのことです。僕はお年寄りの介護の仕事をしたいと申し出たのです。僕の本当のおじいさんはいます。今でも僕のことを気にかけてくれているようです。でも、足腰がうまく動かないので、車いす生活です。そんなおじいちゃん、おばあちゃんの手助けになりたいと願っています。今、介護福祉士の試験に向けて勉強中なんです」

孝男は少年の話を聞いて嬉しかった。過去はどうあろうと、これからの生きる道をすでに模索している。それに向かって勉強もしているとのこと、勇気が湧いてきた。少年は言葉をつづけた。

「あるとき、介護実習で老人施設へ行った時のこと、僕たちのような介護助手、なかには問題を起こすものもいるんです。この間も事故、いえ、事件になったのは、何か腹の立つことがあったと言って車いすをグイッと押しやったのです。乗っているおじいさんには何の責任も落ち度もないのに。車はガラス戸にあたり、その場は一時パニック状態になりました。すぐに院生である介護助手は少年院へ戻され、謹慎処分が下されたようです。次の実習はもらえないでしょう。その院生は泣きわめいていたそうですが、自らの責任です。昔、僕のおばあちゃんは車いすに乗っていた時に事故にあい、それが元で死をはやめてしまったので、余計に気を付けています。そばについていてやれなかった分、たとえ他所のおじいちゃんであろうともきちんとしようと頑張ってます」

孝男は、少年院の子たちをひと口で〝非行少年〟と呼んでいいものかと自問した。

孝男は時どき街で見かける赤ん坊や幼児たちを見て思う。この子たちは汚れを知らない。人は誰もこの世に生を受けた時、何ものにも染まらない、まさに純粋無垢だった。真っ白な状態であった。それがいつの間にか大人たちと交わるにつけ、さまざまな色に染まり、場合によっては良くない方向へと入っていく。〝ともだち〟として知り合った少年たちは、どこにでもいる〝普通の子〟であることに気がついた。純粋な心の少年たちを非行に向かわせたのは、ほかならぬ大人たちの責任である。考えることが多すぎる。

老人福祉施設に少年院の院生が介護実習に来ていると知った時、おじいちゃん、おばあちゃんの反応は二手に分かれるという。ひとつは、「まぁなんということを、施設の人はわたしたちをなんと思っているのか」「悪いことをした少年に介護士の手伝いをさせて大丈夫かしら。なんか悪いこと、危害を加えられたりしないか」と、どちらかといえば、否定的にとらえようとする見方だ。もう一方では、「過去は過去、今は立ち直ろうとしているまじめな少年たち。彼らの更生の意欲を後押ししたい」と思っている人たちがいる。

おおむね前者の人たちは、院生であることを知った時点でぞんざいな接し方をしがちになる。

話しかけることもほとんどない。何かあると気分悪くしがちになる。実習生とトラブルを起こしやすいのはこの人たち。自分を上位に置いてしまう。

それに対し、後者の人たちはまさに〝人生の先輩〟として接しようとする。他人の領域に入り込まないように話し込んでくる。実習生との間に温かい気持ちの交流ができる。ある院生はおじいちゃんの経営している木工所に就職できたこともあったと、職員は美談のように言っている。

今となっては阿部少年が〝ともだち〟である孝男に心の内を語ってくれるようになっている。それはうれしいというより、責任の重さとなって返ってくる。

あるとき、ともだち期間も間もなく終わろうとしている頃、孝男と阿部少年の間で感情の行き違いがあった。

それは少年院での生活を訊こうとした時だった。あまりそういうことには関知しないようにしていたのだが、あることで興味を持ったのだった。返ってきた言葉にびっくりした。

「お兄さんなんかに刑務所や少年院のことを話しても何もわからないでしょ。僕ら日の当たらない場所でずっといる人間のことなんか、わかるはずないでしょ。いくら這い上がろうとしても、しょせんは地下生活者に少し毛の生えた程度なんですよ。もう少し歳が上であれば刑務所へ放り込まれてムショ暮らしをしていたでしょう。

そもそもの僕の〝底人生〟は、小さいころの父母の絶え間ないケンカ、暴力沙汰、それを長く身近で見てきたせいかもしれない。家庭での情操教育なんて真逆の生活だった。それが原因か、僕が精神的に弱かったのか、小学校のとき、ふとしたきっかけで不良グループに入り、そこのリーダーにそそのかされ、コンビニへ入っては二、三人で商品をかっぱらい、追いかけられて警察に摘発、補導、その都度両親は呼び出されたことがあったんです。それが原因でまた激しい夫婦喧嘩の繰り返し。中学校に入るころにはやはり別のグループの一員になり、タバコを吸うことを覚え、警察のお世話になることたびたび。家にいても両親の怒鳴り声が止まず、少しも安楽の場所でなかったから。いさかいはついに刃物の登場となり、父は言葉では勝てない母を刺して死なせてしまった。父は懲役十五年を言い渡され、刑務所へ送られたんです」

孝男も小さいころのことを思い出した。大同小異の家庭環境なのを思い出させた。

「私にも似た思い出がある。家にいても楽しいことは何もなかったこと……」

「お兄さんは甘い。僕とこなんかほぼ毎日なんだよ、あの苦しみわかる?」

「少年院ではさぞ苦しかったろうね」

そう言ったとき、猛反撃がくらわされた。遮るようだった。

「お兄さん、能天気なこと言わないでくれる? 刑務所や少年院がじっさい入ってみるとどんなところか知らないくせに!」

今までとは違った口調で迫ってきた。

孝男は実体験で言い返そうかと思ったが、躊躇した。刑務所にいたこと、簡単に言えることではない。そうたやすく言うことではないと思っている。

阿部少年の今までの接し方からは想像できない表情が滲み出ている。

「少年院に一度入ったとなると出てからも二度、三度と繰り返し世話になることがオチだなんて、普通の人はわからないだろうけれど」

心理戦の様相を呈してきた。

「刑務所のことなら知っているよ。けれど知っているからどうだというんだ。問題は出てからの人生をどう過ごすかじゃないかね」

これは孝男の実体験だった。

「なんですか、かっこいいこと言って、刑務所へ入れられている者、出てからどんな思いでいるか知らないでしょう。何の苦しみも知らない人には何もわからないんだ」

言うなり泣き出した。少年院では言えないこともあったのだろう、いまそれらが噴き出てきた。泣いたからといって問題は何も解決しない、思い切って孝男は自分の過去をぶちまけることにした。

「わたしはね、刑務所に入っていたんだよ」

少年は驚いた様子だ。

少し間をおいて、孝男はつづけた。

「どうだ、気に入ったか！　傷害致死で二年半の実刑を言い渡されて……。人を死なせたんだよ！　刑務所ってところは、少年院とは違って懲罰を果たさせるところなんだ。だからそれだけのことを刑務所当局はやる。気に食わない看守のもとで一日をどう過ごし、どう時の経過を過ごし、〝年季〟を務めあげていくか。わたしは少年院の経験はない。しかし、聞いたところでは、刑務所に比べ甘やかされているのじゃないかね。かっこよく言えば少年院とは年少であるための更生・教育が主目的だ。刑務所はそんなものじゃないよ。刑務所での生活は六時四十五分の起床チャイムにはじまり、厳格なスケジュールによって受刑者は動かされ、すべては先生と呼ばれる刑務官の指示どおりに動く、動くようにされているんだよ。わたしは用務の仕事、衛生面を担当させられた。洗濯物の集配、破れたりボタンのとれた衣服の修繕、せっけんや清掃用品の手配などの作業を命じられた。なかでも最もイヤだったのは、認知症らしき年配者の排せつ物の付着した下着の処理だった。刑務官はそんなことはしない。鼻をつまみながらの処理は苦痛以外の何物でもなかった。それでもやらざるを得なかった」

阿部少年は瞬きひとつせず、じっと聞き入っている。この孝男兄さんにそんな過去があるなんて、どう考えたって想像できなかった。そこいらにいる普通の兄さん、単に非行少年のことに関心を持っている人、と考えていた。

少年は涙をぼろぼろ流している。孝男はそっとティッシュを差し出した。

「私はふとしたことで人を死なせてしまった。傷害致死という罪名をつけられて。実はもう一つあったんだ、事件が。無銭飲食と傷害罪……」

少年はさらに肝をつぶされるような動顛を覚えた。このまじめで実直そうなお兄さんが、二度も事件を起こし、しかも二年余りの刑務所生活。今までともだち活動で接していて、考えられないことだ。僕が生きてきた人生、ものの見方、考え方を大きく見直さねばならない。

孝男はさらに続けた。

「何が嫌かというと、さっき話した排せつ物のついた下着を処理させられた時だった。看守の意地悪そうな目、下《シモ》の世話をするのは同じ受刑者のすることだと言わんばかりに指示してくる。作業中、その人の顔が浮かんで反吐が出てきそうになった。そんなこと、ムショを出てからも誰にも言えない。今初めて明らかにしたことだ。それほど胸にしまっておきたかったんだ。

人生にはな、阿部くん、ずっと言えないことってのがあるんだ。いや、秘密にせねばならないこともあるんだ。ときにはそれは重荷となることでもあるし、言えばそれによって人生を台無しにすることもある。前向きな気持ちを塞ぐこともある。それを押しのけていこうとする人はまれだ。しかし、阿部くん、そうあってほしい。過去にとらわれないことだ」

少年は孝男に抱き着いてきた。

「ごめんなさい、何も知らずに……」

何を言いたいのかわかっている。これ以上は言うまいと思った。

「阿部君、これだけは言える。人はみな立ち直れる。更生できる、と」

（了）

本書は、『悲善の器』（鳥影社、二〇一四年）の続編として着想したものです。

木村伸夫（きむら・のぶお）
大阪に生まれ京都に育つ。
大学卒業後、大学図書館及び博物館の仕事に従事。
京都市在住。
著書：『ひだまりの樹陰』（MBC21 京都支局すばる出版、2007）
『第九交響曲ニッポン初演物語』（知玄舎、2009）
『ベルリンの蒼き森』（知玄舎、2010）
『七十一年目の「第九交響曲」』（鳥影社、2013）
『悲善の器』（鳥影社、2014）
『あなたは死刑判決を下せますか――小説・裁判員』（花伝社、2015）
『ある楽匠の生涯』（鳥影社、2018）

E-mail：heiankyo.794-2101@nifty.com
（ご感想・ご意見等がございましたら、ご連絡をいただけましたらさいわいです）

悲善の旅路――罪と更生の物語

2020年2月10日　初版第1刷発行

著者 ―― 木村伸夫
発行者 ―平田　勝
発行 ―― 花伝社
発売 ―― 共栄書房
〒101-0065　東京都千代田区西神田2-5-11出版輸送ビル2F
電話　03-3263-3813
FAX　03-3239-8272
E-mail　info@kadensha.net
URL　http://www.kadensha.net
振替 ――00140-6-59661
装幀 ―― 佐々木正見
印刷・製本― 中央精版印刷株式会社

ISBN978-4-7634-0915-7 C0036